KB085219

전당포를 찾아서

도서출판 아시아에서는 《바이링궐 에디션 한국 대표 소설》을 기획하여 한국의 우수한 문학을 주제별로 엄선해 국내외 독자들에게 소개합니다. 이 기획은 국내외 우수한 번역가들이 참여하여 원작의 품격을 최대한 살렸습니다. 문학을 통해 아시아의 정체성과 가치를 살피는 데 주력해 온 도서출판 아시아는 한국인의 삶을 넓고 깊게 이해하는 데 이 기획이 기여하기를 기대합니다.

Asia Publishers presents some of the very best modern Korean literature to readers worldwide through its new Korean literature series 〈Bilingual Edition Modern Korean Literature〉. We are proud and happy to offer it in the most authoritative translation by renowned translators of Korean literature. We hope that this series helps to build solid bridges between citizens of the world and Koreans through a rich in-depth understanding of Korea.

바이링궐 에디션 한국 대표 소설 060

Bi-lingual Edition Modern Korean Literature 060

The Pawnshop Chase

김종광
전당포를 찾아서

Kim Chong-kwang

ASIA
PUBLISHERS

Contents

전당포를 찾아서

The Pawnshop Chase

1

녀석은 또 결강을 한 눈치였다. 녀석의 동기들이 전공 필수 영어 듣는다고 몰려간 지 한 삼십 분쯤 되어 어슬렁어슬렁 나타났다.

나(이정호, 25세)도 녀석처럼 결강을 밥 먹듯이 한 대가로 복학하여 고생깨나 하고 있었다. 동기들은 자기가 듣고 싶은 과목을 골라, 이틀 사흘에 몰아때려 열대여섯 학점만 듣고 있는 데 반해, 나는 20학점 꽉꽉 채워 1, 2학년 때 가끔 들은 과목들을 다시 선택, 닷새 내내 또 듣고 있는 신세였다.

1

Lee Jeong-ho, 25 years old

I bet he cut class again. Half an hour since his classmates trooped off to their required English classes and he's still here, loitering.

I'm not doing so great myself, paying back for my earlier years of delinquency now that I'm back from my leave. I used to play hooky regularly like him, as regularly as having three meals a day. Now, everyone in my class is taking 15 or 16 credits, attending their preferred classes two or three days a week, while I'm taking the full 20 credits, five days

녀석은 좀 귀여운 후배였다. 후배라면 인상부터 찌그러지는 나 같은 인간이 가끔 술도 사주고 할 정도로.

언젠가 녀석에게 1학년 때 강의에 등한시하여 학사경고라도 받는다면 나중에 얼마나 고생하는지 자세히 얘기해준 적이 있었다. 녀석은 우이독경한 모양이었다. 자식, 그래 너도 한번 당해봐라. 나에게도 학사경고의 무서움을 몇 번이고 주입시켜주던 선배가 있었다. 그 말 안 듣고 내가 이 모양인데, 아마 녀석도 군대 갔다 와야 정신 차릴 것이다.

빗기는 빗은 모양인데 바람에 흩날렸는지 곱슬머리가 지저분했다. 이 동네 바람이 좀 센가. 내가 돈 있으면 강력한 스프레이 하나쯤 사주고 싶은 심정이었다. 돈이 늘 없었던 건 아니다. 문제는 모처럼 돈이 생기면 스프레이 같은 것은 까맣게 잊어버리고 술집으로 달려가게 된다는 것이다.

내게 꾸벅 인사하고 학과 차원으로 구독하는 한겨레신문을 숙독하던 녀석이 불쑥 고개를 쳐들었는데 뭔가에 얻어맞은 듯한 표정이었다. "왜 그래, 곰팽이?" 녀석의 별명이었다. 학과 엠티를 다녀온 이후 나를 비롯한 거의 모든 고학번은 녀석의 이름 대신 별명을 부르는

a week, even repeating the subjects I'd slacked off on during my first two years.

He's likable, that much I'll grant him. I usually have nothing but scorn for younger students but for some reason I still end up buying him drinks fairly often. Once I even went so far as to sit him down for a talk about how tough his life would be if he continued to neglect his studies, and how rough things would be later if he ended up getting a warning from the school authorities in only his freshman year. It seemed like he'd just shrugged off my advice, though. An older student once tried to straighten me out too, telling me, "You little punk, you wanna have it hard like me, too?" I wish I'd listened to him. Maybe every dope also needs a stint in the military to knock some sense into him.

I don't know if he'd combed his hair but it was a mess, from the wind, probably. Was the wind blowing? I would have liked to buy him some firm-hold hairspray if I had the money. I'm not always bankrupt, mind. Problem is, those rare times when my pockets aren't empty, I forget all about stuff like hairspray and end up hanging around pubs.

He bowed to me and started scanning our department's subscription copy of the *Hankyoreh*

데 익숙해져 있었다.

"선배님, 개값도 안 된다는 말은 시정되어야 할 것 같아요." "그게 무슨 개 같은 소리냐?" 이상하게 녀석한테는 말이 항상 상스럽게 나갔다. 그게 다 귀엽고 편하니까 그런 거라는 합리화를 하고는 있었다. 그런데 장난말 한 것이 겸연쩍게 녀석은 울상이었다.

"소가 개보다 싸졌대요." 나도 소값 폭락 기사를 읽었다. 날이 새는 게 무서울 정도로 떨어지고 있다는 소의 몸값. 고기로 인기가 없는 젖소 송아지의 경우 정말 개보다 더 싸다는 기사. 그리고 언젠가 술자리에서 자기는 우골탑의 전형이라면서 스물 몇 마리의 소와 그 소를 키우는 아버지의 삶에 대해서 털어놓던 녀석의 슬픈 얼굴이 떠올랐다.

2

솔직히 말하자면 강의를 들은 게 아니라 무현이를 기다렸다. 혹시나 지각이라도 하지 않을까 해서. 시간이 지나 결강이 확실하게 된 이후에는 걱정했다. 술은 깼나. 아침은 먹었나.

newspaper. His head snapped up suddenly, as if something had just struck him.

"What's wrong, Fart?" I asked him. Almost all of us, all of us older students, had started calling him that since he'd joined us on a department excursion.

"*Seonbae*, that saying 'It's a dog's life,' someone ought to change it, don't you think?"

"What the hell are you talking about?" I was often mean to him for no reason. I thought, and what was the harm in it? He was so gentle and agreeable. But this time, he looked ready to cry and I regretted talking to him the way I had.

"They say cattle's worth less than dogs now."

I'd also read the article about the collapse in cattle prices. Every day, as soon as the market opened, the prices kept spiraling further and further downwards. A dairy calf, not as favored for its meat, now was worth less than a dog, according to the article. I remembered the time he'd sadly told me about his father who raised some twenty cattle. He'd told me his father had been a victim of the "Cow Bone Tower," a caterpillar scheme built on students' tuition fees paid out of the sales of cattle by the students' parents.

오늘따라 하필이면 나(이민희, 21세)를 지목한 미국인 교수가 몇 페이지를 해석하고 있었는지도 몰라 능숙하게 읽고 풀이하는 대신 동기들의 우스개를 당하는 참사도 있었다. 교수가 무슨 생각을 하고 있었느냐고 서투른 한국말로 묻기에 능숙한 영어로 대답해주었다. "마이 보이 프렌드!"

강의 끝나고, 점심 먹으러 가자는 동기들한테 이러니저러니 핑계 대고 학과 쪽으로 뛰어갔다. 눈치 빠른 누가 귓등에 매달아주었다. "곰팽이, 아직 안 나왔을걸." 애들한테 소문 다 나 있었다. 나와 무현이가 보통 사이가 아니라는 것. 까짓 숨길 것도 없다.

학과를 이 잡듯이 뒤져보는 데 삼 분도 걸리지 않았다. 이게, 아직도 안 나왔나. "곰팽이 찾냐?" 3학년 선배다. 이것 봐라, 선배들한테까지 소문 나 있지. "곰팽이가 뭐예요? 좋은 이름 놔두고." 선배는 껄껄 웃은 뒤, 무현이가 사막을 걷는 낙타처럼 축 처진 등을 보이며 옥상으로 올라가는 것을 보았다고 가르쳐주었다.

무현이는 넋 나간 얼굴로 하늘을 바라보고 있었다. 옥상에서 내려다보는 세상은 오월은 푸르구나, 즐거운 노래를 부르고 있었다. "뭐해?" "그냥, 있어." "밥은 먹었

2

Lee Min-hui, 21 years old

Truth be told, I hadn't come to attend class but just to wait for Moo-hyun, afraid he'd be late. As it became clearer and clearer he wasn't showing up, I started worrying that he might have had a hang-over, or that he just hadn't had breakfast.

Today was a disaster. I made a laughingstock of myself because I had no idea which page the class was on when the professor, an American, asked me to read and explain it. When he asked me in his clumsy Korean where my thoughts had been, I blurted out, in fluent English, "My boyfriend!"

After class, I made up an excuse to get out of my class's lunch invitation. As I turned to go, one of them sniped, "I bet Fart's not here yet." Everyone knew Moo-hyun and I were dating. Not that I cared. I didn't have to hide it.

It took me less than three minutes to comb through the department. Was he really not in school yet?

"Looking for Fart, are you?" a third-year student asked me.

어?" "아니." "하긴 네가 무슨 수로 밥을 먹었겠냐. 가자."

여자 동기들은, 아니 남자 동기들까지 내게 묻는다. 어디를 보고 곰팽이 같은 놈을 좋아하느냐고. 동기들한테까지 곰팽이로 불리며 나보다 한 살이나 적은 이 위인을 나도 좋아하지는 않는다. 가슴에 손을 얹고 진실을 밝히건대, 먼저 좋다고 고백한 것도 무현이였다.

그 고백을 발로 차버리거나 수돗물에 닦아내지 못했던 것이 천추의 한이 될는지도 모르겠다. 나 아니면 밥도 못 얻어먹고 돌아다닐 것만 같았다. 강가에 내놓은 막내동생 돌보는 큰누나 같은 마음으로, 테레사 수녀님 같은 심정으로 챙겨주고 있었다.

"민희야." "왜?" "우리 아버지 인생은 소값도 안 되는 거 같애." 이 처음 들어보는, 어째 엉뚱한 것 같다는 느낌이 팍팍 드는 말에, 나는 된장찌개 먹다가 사레들릴 뻔했다. "그게 무슨 말이야?" 감자탕을 그새 다 먹어치운 무현이는 구겨진 담뱃갑에서 꼬불꼬불한 담배를 끄집어내고 있었다. 나는 무현이의 건강을 걱정하여 담배만은 절대로 안 챙겨주고 있었다.

What? Even the older students knew? "Why do you call him that? He's got a proper name, you know."

He chuckled and said he'd seen Moo-hyun head upstairs to the rooftop, his back hunched like a camel walking through the desert.

I found him gazing up at the sky absentmindedly. The view from the rooftop seemed like a celebration of the beautiful days of May.

"What are you doing?"

"Nothing."

"Have you eaten?"

"Not yet."

"I knew it, you're hopeless. Let's go."

My classmates, even the guys, asked me why I liked him. I don't like him, actually, for a number of reasons. Even his own classmates call him "Fart," for one, and he's a year younger than me. I swear, cross my heart, that he confessed his love for me first. I'll probably regret it for the rest of my life, not just giving him a boot or throwing a bucket of cold water at him when he did. But I just couldn't let him wander around, not even feeding himself. I'm just looking after him; I'm Mother Teresa, or his big sister, minding her little brother playing by the riv-

3

이사장은 참 나쁜 새끼다. 환갑 지나고 칠순을 바라보는 나이면 그 나이다운 처신을 해야지, 이건 나이를 똥구멍으로 처먹은 건지. 하긴 나이 많은 저명한 인사치고 조국과 민족 앞에 떳떳한 인간이 몇이나 있을까 궁금하다만.

이사장님께서 학교발전기금으로 적립된 수백억 원 중 수십억 원을 탁월한 수작으로 빼돌려 저와 제 가족만 잘 먹고 잘 사는 데 할애하셨다는 혐의로, 검찰의 출두명령서를 받으셨다는 뉴스를 보고 우리들(소급하여, 한민대 총학생회 임원들)은 조금도 놀라지 않았다. 우리가 벌인 일이었으므로.

사실 조금 부끄러웠다. 우리들 스스로의 힘으로 해결하지 못하고 신창원도 못 잡는 경찰과 사악한 언론의 힘을 빌려야만 했다는 것이. 우리들의 작전이 두 달 만에 성과를 얻어 검찰과 경찰은 수사에 나서지 않을 수 없었고, 언론은 떠들지 않을 수 없게 된 것이다. 아직 구속되거나 진실이 밝혀진 것은 아니었지만 일단 언론에 대문짝만하게 나왔으니 다 된 밥이나 마찬가지였다.

er.

"Min-hui."

"What?"

"My father's life must be worth less than a cow's."

I nearly choked on my *doenjang* I had had before. "What are you talking about?"

He'd wolfed down his pork rib stew and now he pulled out a cigarette from a crumpled pack. I never bought him cigarettes, for his health.

3

Cheong Cheol-joo, 23 years old

He's a real bastard, the chairman. You think he'd conduct himself with some dignity, having long passed 60 and inching towards 70 now. Was he aging only in the ass? But then again, how many prominent people can actually stand proud before their people and fatherland?

My colleagues and I in the Hanmin University student council weren't surprised by the news that the chairman had been summoned for questioning at the Prosecutor's Office on suspicion of siphoning off billions of *won* from the school development

아무튼 우리 한민대학교는 상당한 이미지 손상을 입을 것이다. 한민대학교에 다닌다는 게 부끄럽고, 게다가 2캠퍼스 총학생회의 문화국장이란 직함까지 갖고 있는 나(정철주, 23세)로서는 쥐구멍이 아니라 실뱀구멍도 마다할 입장이 아니다.

하지만 그런 거 걱정할 때가 아니다. 이사장이 구속되거나 말거나 그런 건 별로 중요한 게 아니다. 문제는 이사장 새끼가 빼돌린 기금을 어떻게 찾아내느냐 하는 것이다. 우리 총학생회는 그 방법의 일환으로 이사장이 사장으로 있는 (주)성산신용 본사로 쳐들어가 집회를 벌이기로 했다. 우리 학생들의 요구와 입장을 확실히 보여주자는 것이다. 웬만한 신문사에 모두 전화를 해놓았다.

화염병을 던지자는 것도 아니고, 쇠파이프를 휘두르자는 것도 아닌데 벌떼같이는 아니더라도 천 명 이상은 지원해올 줄 알았다. 그러나, 넘쳐나는 지원자들 중에서 정예로 이백 명만 선발하려 했던 우리들의 예상과 계획을 비웃듯 2캠퍼스 재학생의 0.5퍼센트에 해당하는 오십여 명만이 결사대에 지원해왔다.

말이 결사대지 간단한 집회에 반나절만 할애해달라

fund to pad his and his family members' wallets. After all, we were the ones who'd exposed him.

It was a little embarrassing that we couldn't handle the problem ourselves and had to seek help from the crooked press and the police, who weren't even able to capture Shin Chang-won.

We had to stage a two-month campaign until the police and prosecutors were left with no choice but to investigate. After all that, the media had no choice but to cover the case too. The chairman remained at large as the truth had yet to come out, but it was as good as done now that the case was in the front page news.

Of course, this would drag our university through the muck. As head of the cultural bureau of this university satellite campus student council, I'm so ashamed of calling myself a student at Hanmin University that I'd like to hide down a snake hole, or, better yet, a rat hole, if I could.

But this isn't the time to worry about it. It doesn't really matter if the chairman gets arrested or not, as long as we retrieve the funds that bastard embezzled. With this in mind, the student council, myself included, decided to storm the headquarters of Seongsan Credit Corp where he heads as CEO.

는 것이었는데, 아무리 운동 부재의 시대라고는 하지만 이런 아이엠에프 시대에 이사장 같은 더러운 인간이 있다는 게 분하지도 않나. 그래서 그나마 나와준 오십여 명이 너무나도 고마웠다.

홀로 떨어져 담배를 피우는데 참 썼다. 내게 다가오는 키 작고 추레한 몰골의 학생이 있었다. 집회 단골인 학과 후배였다. 사학과에서 나온 것은 무현이뿐이었다. 한때 '반미 사학'이라고, 시위 집회만 있다 하면 과반수가 떨쳐일어나고는 했던 우리 학과에서.

"선배님 안녕하세요." "그래, 나와줘서 고맙다." "뭘요. 그냥 심심해서…… 저, 그런데……" "뭐?" "담배 하나만……" 녀석에게 담배 한 대를 뽑아주었다. 1학년 때 선배에게 담뱃불 좀 빌려달랬다가 귀싸대기 얻어맞았던 일이 잠깐 생각났다.

4

우리들이 탄 버스는 서울로 달려간다. 내(김상기, 22세)가 다니는 한민대학교는 서울에 1캠퍼스가 있고 혼주시에 2캠퍼스가 있다. 수원캠퍼스가 있는 경희대, 안산

The idea was to hold some kind of demonstration there and make our demands. We'd phoned practically all the newspapers about our plan.

Since this was a peaceful demonstration without petrol bombs or steel pipes, I expected more than a thousand students to volunteer and rally around us. But, as if to mock us for deciding on selecting only 200 volunteers out of the expected huge pool, only around 50, or a mere 0.5 percent of the student population in the satellite campus showed up to join our "death-defying corps." It was just a name, of course, and all they had to do was take part in the protest for a few hours. Granted, it's long past the age of student activism, but weren't they outraged that that scumbag had dared pull a stunt like that when everyone else was still reeling from the effects of the IMF bailout? I could kiss the 50 volunteers, thinking about it.

I was smoking alone, feeling bitter, when I noticed a short, fairly shabby-looking guy approach. He was a younger student who I'd noticed regularly attended rallies. His name was Moo-hyun and he was the sole volunteer from the history department, whose students used to flock to protests to shout anti-American slogans.

캠퍼스가 있는 한양대, 천안캠퍼스가 있는 단국대, 안성캠퍼스가 있는 중앙대처럼.

전두환 정권 초기에 서울에 밀집되어 있는 대학들을 지방으로 이전시켜 대학생들의 정치세력화를 견제하려던 정책이 추진되다가 흐지부지되는 바람에 그런 대학들이 여럿 생겨났다는 설명을 어떤 선배들에게 들은 것도 같다. 정확히는 모르겠다. 어찌된 연유인지 꼭 알아보아야겠다는 결심을 신입생 때 했던 것도 같은데…….

그런 사소한 것 말고도 알고 싶은 게 참 많았었다. 아, 그런데 벌써 3학년 봄이라니. 동기들은 지금 도서관에 있다. 그들은 잘 견디는 것 같다. 나처럼 답답하고 미칠 것 같아서 엉뚱하게 데모하러 가거나 하지는 않는다.

여섯 시에 자취방에서 나왔다. 열 시까지 도서관에서 미국말을 수없이 써갈기며 외웠다. 열 시부터 열두 시까지는 전공과목인 경제학원론 강의를 들었다. 열두 시 십 분에 아침이자 점심인 대식당 밥을 처먹었다. 그리고 자판기 앞에서 백 원을 투자하여 커피를 마실 것인가 말 것인가 고민하는데 갑자기 욕지기가 치밀었다.

도서관, 강의실, 대식당, 자취방 이 네 곳으로 국한된

"Hello, *Seonbae*."

"Hey, thanks for coming."

"Not at all. Got nothing to do anyway. By the way..."

"What?"

"Can I bum a cigarette?"

I pulled one out and offered it to him, remembering how I'd been slapped by an older student when I was a freshman and had asked for a light.

4

Kim Sang-ki, 22 years old

Our bus was on its way to Seoul, where our school, Hanmin University has its main campus. I attend the campus in Honju, a satellite, just like Kyunghee University's satellite in Suwon, Hanyang's in Ansan, Dankook's in Cheonan, and Chungang's in Anseong.

An older student explained to us that during its early stages, the Chun Doo-hwan regime tried in vain to counter the revolutionary passion of college students by moving dozens of Seoul-based universities to the provinces. The satellite campuses

스물두 살의 봄을 전복시키고 싶었다. 일과성 권태일 뿐이다. 어디 가서 바람이라도 쏘이면 괜찮아질 것이다. 그러나 시내버스 탈 돈도 아깝다는 이성적 판단이 바짓가랑이를 붙잡고 늘어졌다.

그때 서울 어딘가에 가서 데모 한판 할 학우를 기다린다는 교내방송을 들었다. 공짜로 서울 구경이나 하고 오자는 생각으로 버스에 올라탔다.

내 옆자리에 앉은 애는 1학년인 것 같았다. 촌티가 바글바글 났고 나처럼 무슨 남북도 출신인 듯싶었다. 1학년답게 호기심 많고 앞으로 닥칠 일에 기대가 많은 얼굴이었다. 서울까지 보통 한 시간 걸리는데, 나와 그 시간 동안 대화를 하고 싶어 하는 눈치였다. 모른 체하고 창밖에 던진 시선을 거두지 않았다.

나를 제외한, 이 버스에 탄 애들은 무슨 결사대원인 모양인데 무리의 지도자는 그냥 조용히 가기를 원하지 않았다. 방문투쟁의 의의를, 무슨 장자 붙는 직함을 가진 애가 설명했고, 사회자로 뽑힌 잘 놀게 생긴 애의 유도를 따라 몇 곡의 투쟁가가 합창되었다. 또 노래 잘한다고 자신 있게 일어선 몇몇 아이들이 가무 솜씨를 뽐냈다.

were the relics of this failed policy, or so he said. I might have resolved to find out more as a freshman. That bit of trivia aside, I was hungry to learn so much back then. But before I knew it, it was already the spring term of my third year in college. My class was in the library, all of them getting along fine, while here I was, joining demonstrations to keep from suffocating and going crazy.

Today, I left my room at six o'clock in the morning. I scribbled down and memorized some English words in the library until 10 a.m. I attended one of my major's required courses, Principles of Economics, from 10 a.m. until noon. I was in the cafeteria at 12:10 p.m., wolfing down a quick lunch. Afterwards, I went back and forth on whether or not I should drop 100 *won* in the vending machine for a coffee. But I suddenly felt like I couldn't take any more of all of it. I was seized by an impulse to upend the 22nd spring of my life and expand it beyond the confines of the library, lecture halls, the cafeteria, and my room. Perhaps it was sheer boredom and I was feeling I'd feel better with a breath of fresh air. But I didn't want to waste a bus fare. It was then that I heard the announcement for volunteer students to join a demonstration in Seoul.

거기까지는 나와 상관없는 일이었는데 한 사람씩 일어서서 자기를 밝히는 한편 결사대에 지원하게 된 배경과 투쟁에 임하는 각오 등을 밝히는 일이 진행되고 있었다. 예외가 없는 분위기였고 그 화살은 내 옆에 앉은 촌놈에게 이르렀다. 다음은 나라는 얘긴데 참 지랄맞다. 뭐라고 말해야 되나. 사는 게 뭐 같아서 그냥 탔다, 라고 말해버려.

촌놈은 말하고 있었다. "투쟁의 각오 같은 건 없고요, 그냥…… 그냥 소값이 개값 되는 시국에 이사장 같은 놈이 있다는 건, 잘못된 것 같다는 생각에…… 그냥 좀 화가 나고 그래서……" 녀석은 말끝에 마침표를 찍지 못했으나 버스의 결사대원들은 열렬한 박수를 안 아꼈다.

아, 시발. 녀석은 소 핑계라도 대는데, 난 뭔 핑계를 대야 하나. 기름값 너무 비싸고 고기는 잡히나마나 수지 타산이 안 맞아 통통배도 못 띄우는 아버지 얘기를 하며, 황소 오백 마리 북한 갖다주는 정주영이도 있다는 건 뭔가 잘못된 것 아니냐고 말해볼까. 아, 결사대원들의 시선이 나에게로 몰려온다.

So I hopped on the bus to take a free tour of Seoul.

Just my luck to be seated next to a freshman! He looked like a bumpkin and must have come from the countryside like me. He seemed curious and full of expectations, typical freshman. It was an hour's drive to Seoul and I could tell that he wanted to strike up a conversation with me to pass the time. But I ignored him, and decided to stare studiously out the window.

Everyone in the bus except me was part of the "death-defying corps." Their leaders didn't waste any opportunities to rally them and try to get them going. A guy who introduced himself as the head of a certain bureau in the student council explained why the demonstration was necessary, and an MC showboated for the crowd and encouraged everyone to sing along with a couple of activist songs. A few students who stood up and volunteered to lead the singing even showed off a few dance moves.

Up until then, I could pretend the program had nothing to do with me. But one by one, they started standing up to introduce themselves and share their reasons for joining the squad, and how deter-

5

서른 명째 인터뷰를 마쳤다. 커피 한잔 하고 계속할 요량으로 나왔다.

자판기 앞에 서면 잠언처럼 떠오르는 구절이 있다. 미제의 똥물! 80년대와 90년대 초반의 선배들은 커피가 미제국주의의 똥물이라고 은유하며 될 수 있으면 안 마시려고 했었다고 한다. 커피 색깔을 음미하며 중얼거렸다. "똥물은 똥물이지."

삼십 분 후에 두세 명씩 짝을 지어 교문을 나서게 될, 삼백 명의 결사대원들의 구호 제창 소리가 들려왔다. 스무 명씩 한 조로 열다섯 개의 원을 이루어 진행되고 있던 분임토의가 막 끝난 모양이었다.

나(정소희, 21세)는 한민언론 편집국 소속으로 아직 수습 딱지를 떼지 못한 기자였다. 편집국장 선배는 최소한 오십 명을 인터뷰해오라는 무식한 명령을 내렸다. '성산신용 방문투쟁(가제)'이라는 헤드 아래, 사진 들어가고 어쩌고 하는 5단통 기사이며, 결정적으로 기사의 맥점은 성산신용 빌딩에서의 투쟁을 얼마나 생생하게 전달하는가 하는 것에 있다. 때문에 투쟁의 각오 등을

mined they were to fight. Nobody was excused, and before I knew it, the lout beside me took the floor. Shit, I was next. What should I say? I'd gotten on the bus because I hated my daily routine?

The freshman said, "I'm not here because of any fancy resolution to fight. I...I just think it's wrong that there are bastards around like the chairman when cattle's worth less than dogs. It makes me mad, so..." His voice trailed off, but everyone gave him a thunderous round of applause.

Fuck, so he talks about cows, but what do I say? Should I talk about my father and how he can't even go out on his small motor boat to fish and make a living because of the rising oil prices? Should I criticize Chung Ju-yung for bringing 500 bulls to North Korea? Their eyes fell on me.

5

Cheong So-hui, 21 years old

I finished my 30th interview and stepped out for a cup of coffee. Every time I stand in front of a coffee vending machine I remember the slogan: Coffee is the diarrhea of America! I heard that col-

듣고자 하는 개인 인터뷰는 안 실릴지도 모르고 실린다 해도 한 사람 것만 겨우 실릴 것이다.

그런데 오십 명이라니. 이건 순전히 나의 인내와 끈기를 시험하고자 하는, 편집국 전통에 충실한 선배님의 온고지신적 처사다. 만약 내가 편집국장이 된다면 전통 따위는 무시하고 한 사람을 인터뷰하더라도 제대로 해오라는 단순하면서도 합리적인 명령을 내릴 것이다.

학생회관 1층은 결사대원들의 투쟁가 소리로 지진 난 듯했다. 나머지 스무 명은 2캠퍼스에서 올라온 친구들로 채워볼 생각이었다. 결사대답지 않게 음울해 보이는 시골뜨기가 눈에 확 들어왔다. 녹음 버튼을 눌렀다.

"인터뷰 좀 할게요." "예? 아이, 저, 그런 것 못하는데요." "어려운 건 안 물을게요. 무슨 과죠?" "저, 싫은데…… 사학과요." "1학년 맞죠?" "예." "이름이?" "박무현요." "결사대로 나서게 된 이유가 뭐죠?" "그냥……요." "그냥이 어디 있어요. 간단하게라도 좋으니까 몇 마디만 해주세요." "정말…… 잘 모르겠어요."

녹음을 정지했다. 이런 친구는 붙잡고 있어봐야 시간만 낭비다. 내가 가장 싫어하는 부류다. 자신이 하고 있는 일에 대해 딱! 부러지게 설명하지 못하는 자들. 주체

lege students in the '80s and '90s used to avoid coffee, saying it was the runny shit of American imperialism. I looked down at my coffee and shook my head. "Come to think of it, it is the color of shit."

Then I heard the 300-member "death-defying corps" shouting slogans as they walked out the school gate in twos and threes. It seemed they'd finished their discussions, 15 panels of 20 students each.

I'm still a cub reporter for the editorial desk of Hanmin University Media. The managing editor had given me an outrageous order to interview at least 50 people for a five-column article under the tentative headline "Students Storm Seongsan Credit." He'd said the crucial point was to convey the lively atmosphere of the demonstration. But then what was the point of interviewing them about their reasons for joining in the first place? If they even used the interviews at all, they'd likely only use one at the most.

Making me interview 50 people was probably just my managing editor's way of testing my patience and resolve, and helping me to appreciate the traditions of the news room. Still, if I become the

적이지 못하고 수동적이며 타의에 휘둘리는 줏대 없는 작자들이 아니겠는가.

이 아이도 그렇다. '그냥'이라는 말을 무기 삼아, 말하지 않고 실천하겠다, 식의 표정을 짓고 있는데, 나는 천만의 말씀이라고 본다. 왜 투쟁에 참여하게 되었는지 제대로 밝히지 못하는 자는 실천하는 데에 있어서도 흐리터분한 모습을 보이기 마련이다. 이런 한심한 애 때문에 결사대가, 나아가서는 학생운동이 욕을 얻어먹는다. 초등학교로 돌아가서 발표력이나 길러가지고 오라고 권하고 싶다.

어쨌든 인터뷰 한 건 한 거다. "고마워요!" 싱긋 웃어주고 다음 2캠퍼스 학우에게로 움직였다.

6

주영이는 무, 누구라고 했더라, 아, 그래, 무현이를 동물원 원숭이 만난 듯 신기해 못 견디겠는 모양이었다. 이것저것 쉴 새 없이 묻는다. 무현이는 선배의 질문이니 충실히 대답해야 한다는 사명감에 제압당하기라도 한 것처럼 고민고민해가며 말대답을 하고 있었다. 그러

managing editor, I'll say to hell with those traditions and give simple, reasonable orders. A single solid interview would be enough.

The ground floor of the student hall seemed to vibrate with the protesters' chants. I thought of filling my interview quota with 20 students from the satellite campus, and pushed the record button when I chanced on a protester who looked more like a vagrant and seemed uncharacteristically glum for the squad.

"Would you mind answering a few questions?"

"What? I don't want to—" he started.

"I won't ask difficult questions. Which department are you from?"

"Hey, I said I don't want..." he stumbled. "I study history."

"You're a freshman, right?"

"Yes."

"Your name?"

"Park Moo-hyun."

"Why did you volunteer for the corps?"

"I just...did."

"What kind of answer is that?" I looked the freshman over again. "Please explain briefly."

"I...I really don't know why I did it."

나 그렇게 지성으로 한 대답은 주영이의 웃음소리에 묻혀 훨훨 가벼워졌다.

무현이가 말하고 있는 농촌도시와 그 도시에서 고교 시절을 보낸 무현이의 삶은 주영이에게는 아마도 텔레비전 드라마 〈육남매〉의 6, 70년대적 풍경과 삶 같은 것으로 들릴는지도 모르겠다.

주영이에게 농촌과 가난한 농부, 또 그 농부의 아들에 대한 얘기는 텔레비전의 개그적 화면에 불과할 것이다. 나(김병훈, 23세)도 무현이처럼 농사짓는 아버지를 가지고 있다. 주영이는 우리와 다르다. 주영이는 도시에서 태어나 도시에서 자랐고 가난을 모를 만큼 부유한 부모를 가지고 있었다.

우리 셋은 한 조였다. 3인 1조가 되어 목표 지점 주위에 퍼져 있다가, 정각 두 시에 목표물이자 거사 장소인 (주)성산신용 빌딩 현관을 향해 뛰어들기로 약속되어 있었다. 주영이가 "선배님, 우리 먹고 투쟁해요!" 햄버거 타령을 해대서, 데리고 들어온 패스트푸드점이었다.

주영이에게 농촌은, 또 가난은, 그저 어쩌다 기차 여행길에 주마간산 격으로 스쳐지나가는 이상한 세계에 불과할 것이다. 그 이상한 세계를 놀랍게 우습게 혹은

I stopped recording. I'd be wasting my time interviewing this kind of person. He was just the kind of person I hated most. Someone you couldn't depend on, who couldn't even explain his own basic reasons for doing something. These kind of people just seemed passive, weak, spineless to me. This freshman was just the type, you could tell. Arming himself with the word "just," he tried to give the impression that he was the type that did things instead of talking about them. But that was bullshit. Someone who can't even explain why he's taking part in a protest can't be anything but half-hearted. Pathetic people like that give a bad name to the corps, and to student activism in general. If I could, I'd tell him to go back to elementary school and work on his oral skills first. But I managed to score another interview. "Thank you!" I smiled, moving on to interview another student from the satellite campus.

6

Kim Byong-hoon, 23 years old

I don't know why Ju-young is so fascinated with

어이없게 바라볼지언정, 추하게 불쌍하게 한심하게 바라보지 않는 것만 해도 고마워해야 할 것이다.

무현이는 멍청할 만큼 순진한 것 같다. 나는 그렇지 않았다. 나의 농촌과 아버지의 삶이 도시 출신 아이들의 입에서 웃음으로 노닥거려지는 것을 용납할 수 없었다. 방법은 간단했다. 나의 내부를 숨기고 드러내지 않으면 되는 것이었다.

그래서일까, 동기들은 내가 어렵다고 했었다. 도시에서 재수하여 한 살 더 먹고 들어간 나이 탓이 아닐 것이다. 동기들은 내가 마음을 열지 않는다고 생각했을 것이다. 그리고 앞으로도 동기들과 마음으로 교통해볼 기회는 없을 것 같다. 동기들은 4학년이라 너무들 바쁘다. 2학년인 나에게 내어줄 시간이 그리 많지 않다. 그렇게 공부하지 않으면 사회에 발붙일 수 없을 것이기에.

동기들은 복학한 나를 여전히 어려워한다. 거부감일 것이다. 그들은 나를 대단한 운동권으로 생각한다. 내가 1996년 연세대 학생회관에 있었다는 사실은 그들에게도 명징하게 기억되고 있는 것이다.

육 개월 방위를 마치고 복학하여서도 집회와 시위 현장을 전전하고 있으니, 운동권 꼬리표를 떼기는 글러버

—what's his name again? Yes, Moo-hyun. You'd think he was a monkey at the zoo. She kept asking him questions, and he answered them all carefully, having no choice since she was his senior. But her laughter seemed to belittle his careful answers.

His rural hometown and his high school days there probably reminded her of the scenery and people she'd seen in *Six Siblings*, which was set in the 1960s and '70s. To her, the tale of a poor farmer and his son probably seemed like material for those TV comedies. I come from the same background as Moo-hyun, and have a peasant father like him, too. But she's different from us, Ju-young. She was born and bred in the city, to rich parents. She's a stranger to poverty.

The three of us found ourselves in the same team. We were supposed to wait until 2 o'clock sharp then storm the Seongsan Credit Corp. building, but Ju-young was hankering for a burger and said "*Seonbae*, we need fuel to fight!" so I dragged them to this fast-food chain.

To Ju-young, the countryside and poverty were strange worlds to look at from a distance. Perhaps, I should be grateful that she does view it with wonder and amusement instead of pity or disgust.

린 것 같다. 그래, 나는 운동권이다. 활동가라고 자부한다. 전복을 꿈꾼다. 개새끼들. 세상은 우리 아버지 같은 농부 노동자가 존경받고 대우받으며 이끌어가는, 그렇게 되어야 한다. (이런 얘기를 하면 80년대 후일담으로 치부하는 작자들, 나는 그들과 다른 시간을 살고 있는 게 틀림없다. 하지만 묻고 싶다. 도대체 뭐가 달라졌단 말인가?) 그러나 그게 될 일인가. 우리 학교 이사장 같은 개새끼들이 모든 것을 틀어쥐고, 역사를 가지고 노는데.

"어머, 선배님 시간 됐어요." 웃음기가 싹 가시고 긴장감이 들어선 주영이와 무현이의 얼굴이 왠지 우스꽝스럽다.

7

젊은놈 몇이, 아니, 여남은이, 아니, 떼거지로 몰려온다. 경비 5년 만에 이런 구경은 또 처음 해본다. 내(박순복, 54세) 옆에 앉아 있던 사복형사가 무전기에다 대고 뭐라고 짧게 왼다.

학생들이 쳐들어올 것이라는 경비과장의 언질을 들었을 때 오늘 경쳤구나 하고 앞이 샛노랬었다. 나랑 양

But I'm not like Moo-hyun, whose innocence borders on ignorance. I can't handle students from the city making light of my rural background and my father's life. So the best way to avoid these kinds of conflicts is just to conceal my private life entirely.

Maybe this is why my class says I'm hard to get along with. It wasn't just the fact that I'm a year older than them because I had to spend an extra year in cram school to retake the entrance exam. They must have noticed that I don't open up to them. And I don't think I'll ever have the chance to open up to them. They have hectic lives now that they're in their final year, and have no time to fraternize with a sophomore. They have to study hard to get good jobs.

My leave of absence didn't improve my rapport with them. If anything, the chasm between us grew, maybe because they now saw me as a big-shot student activist. How could they forget that I was at the student hall of Yonsei University in 1996? I couldn't shake the label of "student activist" even after returning from a six-month national guard service because I was still attending one demonstration after another. But I'm proud to be an activist. I dream of overthrowing those sons of bitches

씨랑 달랑 둘이서 뭘 어쩌란 말인가. 그러나 지레 짐작하고 겁먹은 게 쑥스럽게 우린 경비 제복 어울리게 폼 잡고 구경만 하고 있으면 되는 상황이었다. 빌딩 뒷골목에 전경 아이들이 즉각 출동 태세로 배치되어 있다는 것이었다.

"검찰은 확실히 수사하라!" "아이엠에프보다 더 나쁜 이만재 나와라!" "한민대 망친 이만재 자폭하라!" "만재 만재 나쁜 만재!" "처먹은 것 게워내라!" "이만기 발가락에 때 같은 만재 나와라!" "만재는 개과천선 환골탈태하라!" "돌리도, 우리 돈!"

학생들이 스크럼을 짜 앉으며 외치는 소리들이었다. 어떻게 알았는지 신문사 기자들도 플래시를 터트리며 들어오고 있었다. 형사의 무전이 있은 지 삼 분도 안 된 것 같은데 전경들도 쏟아져 들어왔다. 학생들의 악다구니는 빌딩을 무너뜨릴 듯 요란했다.

지금 사장은 빌딩 안에 없다. 아예 출근도 안 했다. 사장이 주는 녹으로 입에 풀칠하고 애들까지 가르치는 입장으로 할 소리는 아니다만, 돈 보따리 싸들고 불알에 땀나도록 사방팔방 쑤시고 다니며 살길을 도모하고 있으리라 싶다.

and making the world a place where farmers and workers like my father are treated well and with respect and run the world. Some people tell me I'm stuck in the '80s, but I ask you: What's changed? What's changed when sons of bitches like our school chairman hold the reins and toy with history as if it were their plaything?

"Oh! *Seonbae*, it's time!"

I turned to Ju-young and Moo-hyun and found it absurd that lines of anxiety had replaced the smiles on their faces.

7

Park Soon-bok, 54 years old

A bunch of crazy youngsters, no, a dozen, no, hordes of them came pouring in. I'd never seen anything like it since I'd started working as a security guard here five years ago. The plainclothes detective sitting next to me said something sharp on his walkie-talkie.

When the chief guard told me that students would try to storm the building, I raised my eyebrows. What was I supposed to do with only one

"밀착, 밀착!" 학생들은 악을 쓰며 어깨걸이를 단단하게 옥죘다. 학생놈들은 참 알다가도 모를 놈들이다. 지들이 아무리 날뛰어봐야 되고 안 되고는 어차피 가진 놈들끼리 통박 싸움일 텐데. 하라는 공부는 않고. 쯧쯧.

전경들은 오징어 다리를 찢어내듯 학생들을 떼어냈고 아직 떼어지지 않은 학생들은 피를 토할 듯 이만재를 욕했다. 기자들의 플래시가 번쩍번쩍 잔치를 벌이는 듯했다. 학생들은 전경버스에 실리고 있었다. 건물 안에서 발악하던 것과는 달리 순순히 올라타고 있었다. 하기는 순순히 안 굴면 맞기밖에 더하겠냐만.

모든 학생이 실리고 전경버스는 빌딩 앞을 떠났다. 남의 일 같지가 않다. 혹 배부른 소리다 할 사람도 있겠지만, 대학생 자식 가지고 있는 게 마냥 마음 흡족한 것만은 아니다. 학생놈들이 무슨 지랄했다고 텔레비전에 비치기라도 하면 저기에 혹 태민이 녀석이 있는 건 아닌가 하고 어김없이 조바심이 났다.

저번 달에 와서 개나 소나 다 들고 다닌다고 휴대폰을 조르는 녀석에게 두말하지 않고 사준 것에는 녀석의 동태를 손바닥 위에 올려놓겠다는 노림수도 있었던 것이다. 녀석은 한참 벨이 울려서야 받았다.

partner, Mr. Yang? Still, I was embarrassed that I could only stand aside and watch, a response befitting our security guard uniform, I suppose. Young riot police had been placed on standby in the side street next to the building for rapid deployment in case things escalated.

"Prosecutors, get out here and do your job!"

"Get out here, Lee Man-jae! You're worse than the financial crisis!"

"Lee Man-jae, you've ruined Hanmin University! Strap a bomb to your chest!"

"Man-jae, Man-jae, evil Man-jae!"

"Give us back what you've stolen!"

"Get out here, Man-jae! You're just dirt in the toes of Lee Man-gi!"

"Man-jae, repent! Be born again!"

"We want our money back!"

The students formed a human chain, shouting slogan after slogan. Photo journalists poured in from out of nowhere, flashbulbs firing. Less than three minutes after the detective had spoken into his walkie-talkie, the riot police swarmed in. The students' chants were so loud the building seemed to vibrate.

If they only know the CEO wasn't in the building.

"애비다." "어, 아빠가 웬일이세요?" "지금 어디냐?" "여기요, 강의실 복돈데요. 수업 들어가기 직전예요." "틀림없지?" "틀림없지요." "너 데모 같은 거 하지 마라." "데모요?" "그래, 너 데모하는 날이 이 애비 눈에 시멘(트) 가루 들어가는 날이니까 그리 알어."

"참, 아빠두, 요샌 데모하는 애들 없어요." "없긴 왜 없어, 이놈아! 방금 전에도 내가 수백 명을 봤는데." "진짜요? 서울엔 아직도 정신 못 차린 애들이 많나 보네요. 지금 세상이 어떤 세상인데 데모를 한대요?" "내 말이 그 말이다, 녀석아."

8

슬며시 머리를 들고 주위를 둘러보는 학생이 있었다. "고개 안 숙여!" 나(강진호, 24세)는 곤봉으로 내려칠 듯 위협하며 빽 소리를 질렀다. "거기, 왜 그래?" 옆에 있던 정욱이가 접은 팔소매 밑 벌겋게 부풀어오른 자국을 보고 물어왔다. "긁혔어. 머리핀인 모양이야." "년들, 데모할 땐 좀 빼고 할 것이지."

학생들을 의자에 앉게 한 뒤 상체를 차 바닥으로 바

He didn't even report to work today. I probably shouldn't say this since he pays my salary and I have children in school, but the guy must be fucking busy trying to save his ass and spending a bundle of money while he was at it.

"Close ranks! Close ranks!" They screamed, strengthening their huddle by linking arms tightly. I didn't understand these damned students. Did they really think making a racket like this would make any difference, when this world is the playground of the rich? Why didn't they just study like they were supposed to? Tsk tsk.

The riot police broke up the students' formation as if they were tearing off the legs of a dried squid. The students who managed to stay together hurled obscenities at Lee Man-jae while the photojournalists clicked away like they were at a party. The students were herded into the riot police bus and they got on meekly. What could they do? If they decided to resist, they'd just get beaten.

The bus left after all the students got on. I didn't think it was any of my business. You might think I'm fretting too much, but having a son in college has made me act in ways I'm not always proud of. Whenever I hear the news of student protests, for

싹 수그리게 해서 고개를 못 들도록 해놓았다. 군데군데 졸병들을 박아놓고, 나와 정욱은 뒷문쯤에서 노닥거리고 있었다. "외박 나가서 뭐 할 거야?"

정욱이 오른쪽 눈썹 위에 짧고 굵게 팬 흉터를 꿈틀거렸다. 졸병 시절에 짱돌에 맞은 자리였다. 나에게도 정욱 못지않은 상처가 있다. 진압복을 뚫고 정강이에 날카롭게 박힌 화염병 파편을 들어낸 자리였다.

그 상처를 입기 몇 달 전에는 나도 전투경찰을 상대로 화염병을 던지던 데모꾼이었다. 몇 개월의 시차를 두고 정반대의 입장을 공유한 것이었는데, 누굴 욕하기 이전에 씁쓸하기가 이루 말할 수 없었다.

"나가고 싶지도 않다. 할 일이 있어야 말이지. 전화해 보았자 술 사줄 놈도 없고." 정말 그랬다. 나는 내일 특별한 사태가 발생하지 않는다면 외박을 나가게 된다. 이박 삼일짜리. 전역이 얼마 남지 않아서 그런 것일까. 외박이고 휴가고 달갑지가 않았다. 반납하고 싶은 심정이지만 나갈 것 안 나가고 있으면 졸병들 불편할까봐 나가기는 나가야 할 거였다.

지난겨울까지만 해도 외박에 웃고 휴가에 춤을 추었었다. 아직은 졸병 때라 내무반이 감옥 같기도 했었지

example, I always worry that Tae-min might have joined.

Last month, I bought him a cell phone straight-away when he asked, saying everyone had one these days. I bought it for him because I wanted to stay on top of him like he was my own shadow.

It took him some time for him to pick up. "It's me, your father," I said.

"Uh, hi Dad. What's up?"

"Where are you?"

"I'm walking down the corridor on the way to class."

"Are you sure?"

"Of course."

"Don't join the rally!"

"Rally?"

"Yes," I tried to detect any note of insincerity in his voice "The day you do that will be the day you bury me."

"Dad, who joins rallies these days?" he sighed.

"What are you talking about? I just saw hundreds of students in one with my very own eyes."

"Really?" my son sounded genuinely surprised. "I guess there're still students in Seoul who have no sense. How can they hold rallies in this day and

만 밖에 나가면 나와 놀아줄 확실한 보증수표가 있었다. 선숙이. 그 애에게 차인 뒤로는 오히려 바깥세상이 감옥처럼 느껴져 재미도 해방감도 느낄 수 없었다.

"하긴 아이엠에프 세상에 어떤 미친놈이 군바리를 만나주겠냐. ……아, 시팔, 대중이 성이 대통령 되면 데모 같은 건 없어질 줄 알았는데 더하구만 더해. 좀 데모 없는 나라에서 살아봤으면 좋겠다." 정욱이도 선숙이를 안다. 내가 선숙이를 떠올렸음을 눈치챘는지 접속사도 없이 말을 돌렸다.

쇠그물 창으로 한강이 흘러갔다. "강 수경님! 이 새끼 코피 흘리는데요." 뒷좌석께에 있던 이 상경이 소리쳤다. "좀 알아서 처리해, 씹새꺄." 분대장 견장을 달고 있는 정욱이 나 대신 받았다.

"한강 넘으면 떨구자고." "좀 더 가야 되는 거 아냐?" "제주도까지 가게? 어이, 운전! 한강 넘으면 세워." 졸병 몇이 두루마리 휴지를 들고 법석을 떨고 있었다. "우리한테 맞은 거 아냐?" "별걸 다 걱정하네. 맞으면 좀 어때."

"학생들 말이 맞을 거야." "뭐가 맞아?" "성산신용 사장 놈 말야." "그거야 맞겠지 뭐. 가진 놈치고 사기 안 친 놈

age?"

"Son, that's what I wanted to tell you."

8

Kang Jin-ho, 24 years old

One student slowly lifted his head and looked around. "Put your head back down!" I raised my club threateningly.

"What's that?" Jeong-uk asked. Jeong-uk sat beside me and he motioned in the direction of the swelling on my forearm.

"I got scratched. A hairpin, probably."

"Bitches! They should remove them when they demonstrate!"

We had the students bend forward on their seats, close to the floor, so they couldn't raise their heads. Jeong-uk and I whiled away our time, chatting near the back door after posting our subordinates here and there in between the students.

"What are you gonna do on leave?" The short, deep scar above Jeong-uk's right eyebrow twitched. He'd gotten hit on the head by a stone when he was a low-rank soldier. I had a scar like

이 어딨어." 버스가 섰다. 우선 나와 정욱의 주변에 있던 학생들을 곤봉으로 가볍게 찔러 지적했다.

여섯이 내렸고 버스는 다시 출발했다. 쇠그물에 의해 수십 조각으로 분절된 서울 거리가 충혈된 눈으로 쏟아져 들어왔다. 오 분쯤 가서 또 섰다. 다섯 번째로 내리던 여학생이 코피 흘린 남학생을 가리키면서 뭐라고 했다. "아, 빨리 안 내려!" 정욱이 냅다 소리질렀다. 버스 문이 닫혔다.

"죽이는데." "뭐가?" "방금 내린 년." 정욱이 빈 의자에 털썩 몸을 부리며 씩둑였다. 아까부터 무전기를 붙잡고 악을 쓰던 서 상경이 버스 따라 흔들리며 다가왔다. "강수경님 어떻게 하죠?" "뭘?" "외박 못 나가시겠는데요." 정욱이 대신 물었다. "왜?" "애들 버린 다음에 즉시 명동 성당으로 오래요." "아, 시팔 또 언 놈들이라데?" "실직자들이랍니다."

9

전경버스 뒤꽁무니가 시야 밖으로 사라져갔다. 우리는 마지막으로 버려졌다. 전경버스에서 코피를 흘린 애

that too where shrapnel from a Molotov cocktail sliced through my uniform and cut into my shin. It left a scar after where I had the shrapnel removed. A couple of months before I got injured, I was on the other side, throwing petrol bombs at the riot police. Try experiencing both camps, which couldn't have been more different, in such a short period of time. I felt so jaded and couldn't find the strength to blame either side.

"I don't feel like going out. There's nothing to do out there. Nobody'll buy me a drink even if I call them."

I meant what I'd said. Unless something came up tomorrow, I was getting a three-day leave. Furlough—however short or long—didn't make me happy anymore. Was it because I didn't have long until my discharge? I'd waive it, but my subordinates would find it awkward if I stuck around.

Until last winter, a short leave would bring a smile to my face, and for a long one I'd be doing a jig. I was low ranked then and the barracks seemed like a prison cell to me. Besides, I had someone to spend time with, Seon-sook. But after she gave me the boot, it was as if the outside world had become a prison. It was no longer fun or liberating even

는 우리와 대여섯 발짝 거리를 두고 따라왔다. 그 애는 자기 조원들과 내리지 못하고 우리 조와 동행하게 된 거였다. 2캠퍼스에서 올라온 학우가 아닌가 싶다. 그동안의 집회와 농성을 통해서 웬만한 1캠퍼스 학우들과는 안면을 익혔다.

"종로 가는 버스다!" 선배가 지나가는 버스를 가리켰다. 이곳은 정확히는 잘 모르겠지만 변두리로 우리가 농성을 벌였던 강남과 상당히 멀고 학교와도 거리가 있는 지점인 것 같다. 종로에 가서 갈아타면 될 것이다. 일단 학교로 돌아가 정리 집회를 하고 이후의 일정을 진행하게 될 것이다.

나(장수경, 19세)는 코피 흘린 학우에게 손짓했다. "같이 가요." 애는 막 뛰어오다시피 했다. "수경아, 사오정 얘기 증보판 없냐?" 3학년 선배가 담배에 불을 붙이며 하는 소리였다. "사오정판은 없고 화장실 구닥다리판은 있는데요." "어, 그래, 해봐."

"야한 직업 여섯 가지 알아요?" "모르지." "첫 번째가 교사예요." "왜?" "교사가 잘 쓰는 말 중에 이런 게 있잖아요. 참, 잘했어요. 또 해봐요." "정말 야한데." 선배들은 낄낄 웃었다. 버스가 왔다.

when I got leave.

"You said it," Jeong-uk said. "Who'd think of treating us damned soldiers with that IMF bailout? Damn, I thought rallies would disappear when Uncle Dae-jung became President, but it's only gotten worse. I'd like to live in a county where there were no rallies." He knew about Seon-sook. That's why he'd changed the subject quickly when he noticed that it looked like I was thinking of her. Which I was.

The Han River flashed through the grille window. "Sergeant Kang! This bastard has a nosebleed," Corporal Lee shouted from the back. Jeong-uk who wore the shoulder ensign answered for me, "Son of a bitch, deal with it yourself!"

"Let's dump them after crossing the bridge," I said.

"Shouldn't we go a little farther?"

"Where, Jeju Island? Hey, driver! Stop the bus after you cross the bridge."

Two of our subordinates were fussing around with toilet paper.

"Did we hit him?"

"You worry too much. It doesn't matter."

"They have a point, though."

버스카드를 든 선배는 여섯 번만 찍었다. 제일 늦게 탄 애 것을 계산하지 않은 것이다. 그 애는 천 원짜리를 요금통에 밀어넣고 있었다. "저 거스름돈 안 주시나요?" 그 애의 어눌한 목소리를 나는 들었는데 운전사는 못 들은 모양이었다. 차라리 못 들은 게 다행일 것이다. 싹수머리 없게 생긴 운전사 두상으로 보아, 오히려 애가 욕 얻어먹었을 것이다.

나는 괜히 조마조마해서 애가 재차 질문하지 말기를 바랐다. 다행히 애는 잔돈에 대한 미련을 버린 듯했다. 서울서는 잔돈 거슬러주는 일이 절대로 없다는 것도 모를 정도면 보통 촌닭이 아닌데.

선배가 옷소매를 잡아끌었다. "아까 하던 얘기 계속해 봐." "간호사가 또 야한 직업이에요." "왜?" "벗으세요, 엉덩이 대세요, 그러잖아요." 선배 둘이 "학교에서 보자" 하고 다른 데 볼일이 있다며 먼저 내렸다.

촌닭은 버스에서도 우리와 거리를 두고 있었는데, 우리에게 가까이 오고 싶지만 꼴에 낯가림을 심하게 하는지 가까이 붙지 못하고 어정쩡한 기색이었다. 동기 하나가 또 볼일 있다며 내렸다. 그런데 촌닭이 그 동기를 따라 내렸다. "쟤는 왜 내리지요?" "뭐, 쟤도 볼일이 있겠

"About what?"

"That bastard who heads Seongsan Credit."

"Of course. All rich people are nothing but cheats."

The bus stopped. I tapped the students near us with my club to draw their attention. We let six of them off then got on our way again. Seoul's scenery reached my blood-shot eyes, fragmented by the window grilles. The bus stopped again in about five minutes. A girl, who was fifth to get off at this stop, said something and pointed to the male student who had suffered a nosebleed. "Hurry, get off!" Jeong-uk shouted. The bus door closed.

"So hot!"

"What?"

"The chick who just got off." Jeong-uk said, plopping down into an empty seat.

Corporal Seo, who had been screaming on the walkie-talkie for a while now, made his way down the aisle of the shaky bus. "Sergeant Kang, what should I do?"

"What?"

"You can't go on leave."

"Why?" Jeong-uk asked for me.

"They want us to go to Myongdong Cathedral

지.” “혼주 애 같은데.” “수경아, 세 번째 직업은 뭐냐?”

10

젊은놈이 옆구리를 건드리고 지나가는 바람에 엎어질 뻔했다. 저런 싸가지 없는 새끼가 있나. 지팡이를 톡톡 찍으며 분노하고 있는데 또 다른 젊은놈 하나가 툭 치고 갔다. 이번엔 도저히 못 참겠다.

“이놈아, 늙은이가 동네북이냐?” 콧가에 피 흔적이 있는 학생놈은 우뚝 멈춰 서더니 죽을 죄 지은 시늉을 해 보였다. 지 죄를 인정하는데 안 봐줄 수도 없는 노릇인지라, “조심혀!” 차원에서 화를 거두었다.

오늘은 이래저래 기분 잡친 날이다. 장기 하면 나(이홍수, 68세)였는데, 오늘 세 판이나 깨졌다. 어디서 굴러먹다 온 개뼈다군지 참 기가 막힌 장기였다. 인정하긴 싫지만 실력에서 졌다. 열도 받고 해서 나와버렸다만 너무 일렀나 보다.

집구석에 가봤자 뭐 볼일이 있다고. 게다가 아직 며느리가 출근하지 않았을 시각이다. 며느리는 학원강사다. 출근 준비한다고 얼굴에 한참 처바르고 있을 텐데 때맞

once we've gotten rid of these students."

"Shit, what the fuck is going on there now?"

"They said there's a homeless rally."

9

Chang Soo-gyong, 19 years old

The back of the bus disappeared from view. We were the last ones to be dumped off. The guy with the nosebleed trailed six steps behind us. He had not been allowed to get off with his teammates. I guess he was from the satellite campus. I knew quite a lot of the students from the main campus from joining other assemblies and protests.

"That bus goes to Jongno!" An older student pointed at the passing bus. I had no idea where we were, except that we were in the suburbs a good distance from our school, and even farther from Gangnam, where we'd had our demonstration. We could change buses in Jongno, and regroup on campus to plot our next move.

"Why don't you come along?" I motioned to the guy with the nosebleed, who immediately came running.

춰 들어갔다가 또 무슨 퉁바리를 맞을지 모른다.

언제 봐도 현기증 돋는 아파트 단지. 서울살이가 벌써 어언 몇 해던가. 방문을 열면 들판이 덥석 덤벼들던 육십 평생 정든 마을이 가물거릴 정도니 꽤 되었지. 손바닥만한 공원이라도 있다는 게 어디냐. 그네 앞 나무벤치에 몸을 부렸다.

저쪽에 젊은것들이 늙은 게 보거나 말거나 착 달라붙어 있다. 이 시각에 저러고 있다면 요새 흔한 젊은 백수거나 학생이겠다. 암튼 참, 기차게 좋은 시절들이여. 젊은 애들 즐거운 꼬라지 보면 조카 땅 산 거 구경한 삼촌처럼 배 아프고 늙은 신세 분통만 터진다.

차라리 눈을 감아버리자. 꿈인 것도 같고 현시인 것도 같고 흐물흐물하다가 깨어났다. 오월 햇살이 눈부시다. 늙은이에게도 공평한 것은 이제 저 햇빛뿐인가 보다.

어디서 본 듯한 놈이 옆 벤치에 털썩 무너진다. 어디서 보았더라. 이 아파트 단지 젊은것은 아닌 것 같은데, 하, 옳아. 아까 나를 두 번째로 밀쳤던 놈이잖아. 근데 왜 저게 여기 나타났누.

"할아버지." "왜 그랴?" "이 근방에 전당포 없나요?" "전당포?" "아무리 찾아봐도 안 보이네요." "글쎄, 못 본 거

"Soo-gyong, you got any new jokes about Sa O-jeong?" A third-year student asked me, lighting a cigarette.

"No, but I have a dirty joke."

"Let's hear it."

"What are the five most erotic jobs?"

"Beats me."

"First is teaching."

"Why?"

"Don't teachers always say, 'Wow, that was fantastic. Now do it again!'"

"Yeah, it's so suggestive." The seniors giggled.

The bus pulled over.

An older student with a bus card tapped it six times, for everyone except the guy with the nose-bleed, who boarded last. He slid 1,000 *won* through the slot. "Can I have my change?" I heard him mumble the words, but the driver didn't seem to hear him. I thought it was just as well because the driver looked a little rough, I'm sure he would have told him off. I watched nervously, hoping he wouldn't repeat himself. Fortunately, he seemed to realize he wouldn't be getting any change. He must have been a real yokel not to know that bus drivers in Seoul never return your change.

같은데." 아파트 단지에 전당포 같은 게 있을라는가 모르겠다. "근데 대낮부터 왜 전당포는 찾고 난리여?" "그러게 말이에요." 학생놈은 날벼락 맞고 넋 빠진 놈처럼 하늘바라기를 했다.

"전 한민대학교에 다니거든요. 차비가 없어서 물어물어 걸어가볼라고 했는데 한 시간쯤 걷다보니까 출발했던 그 자리잖아요. 기가 막히더라구요." 나라도 기가 막히겠다. "그래서 손목시계라도 맡겨서 차비 좀 융통해 보려는 건데 그놈의 전당포가 안 보이잖아요." "저쪽 동네로 가보지 그랴."

한강 너머 저편에 좀 못사는 동네에 가면 전당포가 있을 것도 같았다. "저쪽이 어딘데요?" 한강으로 가려면 어떻게 가야 되던가. 말로만 서울 시민이었지, 집하고 늙은이들 전세 낸 거시기 공원만 시계 불알로 왔다리갔다리하는 내가 한양 지리를 알 턱이 있나. 대충 가리켜 주었다. 학생놈은 "고맙습니다" 고개를 주억거렸다.

11

등 언저리를 훑고 지나가는 바람 소리가 내(양미정, 30

The third-year student pulled me by the sleeve. "Come on."

"Nursing is the second most erotic job."

"Why?"

"Because they always say, 'Take off your pants.'"

"See you in school." Two of the older students were getting off, mentioning something about having to do something elsewhere.

The bumpkin kept some distance from us in the bus. He looked like he wanted to approach, but he looked too afraid to, or shy. I sighed. I sympathized, but still: a country bumpkin. One of my classmates got off a couple stops later, saying he also had something to do. The yokel finally got off, too.

"Why's he getting off here?"

"That's his business."

"He seems to be from Honju campus."

"So, Su-gyong, what's the *third* most erotic job?"

10

Lee Hong-soo, 68 years old

Some damned little punk rushed past me, almost

세) 젊은 날을 부둥켜온 주제 음악 같다. 천재지변의 심장부 같은 삶 속을 정처 없이 헤매고 있는 미친 여자가 보인다. 그 광녀의 욕망은 스스로 목숨을 끊을 수 있는 용기를 얻는 순간에 직면하는 것.

대교를 질주하는 차들이 만들어내는 굉음이 귀청을 부숴놓을 듯하다. 흔들린다. 마구 흔들린다. 날아갈 듯. 바람이 좀 더 세차게 분다면 나는 붕 날아올라 한강물에 퐁 빠질 수도 있을 것이다. 그러나 흔들리기만 하고 날아가지 못한다.

고독에 익숙해져 있지만, 아직도 못 견디게 어지러운 날이면, 한강을 잇는 대교 위에서 출렁이는 검은 물과 유람선, 멀리서 보아도 즐거운 것 같은 강변의 시민들을 바라보는 것이 해묵은 버릇이다. 이렇게 흔들리다 보면 갑작스러운 용기가 치솟아 기쁘게 이 세상을 떠날 수 있는 날이 반드시 오리라.

새벽, 나에게 무슨 일이 있었던가. 나를 타고 끙끙거리는 남자에게 신음처럼 뇌까렸었다. "난 자본주의에 저항하는 유일한 방법을 알고 있어." "뭐, 뭐지?" "자살이야." 정액을 내 자궁에 쏟아부은 남자는 거짓말처럼 조용해졌다.

knocking me to the ground. Rude bastard! I rapped my cane furiously against the ground a couple of times. Then another bastard swept past me. I'd had enough!

"Bastard, you think you can make an old man your doormat?"

The student, his nose stained with blood, stopped abruptly and begged forgiveness as if he'd just committed a grave crime. How could I not forgive him seeing how contrite he was? So I let him off with just a, "Be more careful next time!"

Today was one of those days. I pride myself in being a top janggi player, but today, I lost three games, one after the other. My opponent—who knows where he's from—turned out to be a superb chess player. I didn't want to admit it but he outplayed me. I was so upset I left in the middle of the game. But it was still too early to go home, and I didn't have much to do there. Besides, my daughter-in-law probably hadn't left for work yet. She's a tutor in a private institute. I bet she's still getting ready putting on her face, and she'd ignore or scold me if I went home now.

You'd think I'd be used to them by now but I still feel dizzy each time I look up at the apartment

여관을 나오기 직전 생애 최초로 만난 그 남자가 눈물을 흘리고 있는 것을 보았다. 나는 비웃어주고 나왔다. "울려거든 차라리 네 좆을 잘라버려."

무심결에 난간을 붙잡았다. 허리를 들어올렸다. 치마가 부풀어오르고 발이 공중에 떴다. 부르르 떨었다. 눈물이 나온다. 나에게는 없는 것인 줄 알았던 눈물샘이 서너 해 전부터 툭하면 터졌다.

누군가 구원처럼 다가오고 있었다. 발을 내려놓았다. 스무 살쯤 되었을까 앳된 얼굴이다. 키가 작고 옷은 싸구려 티가 덕지덕지하다. "저 말 좀 묻겠는데요." 아이가 말을 걸어왔다. 나는 어느새 대학에서 아이들을 대할 때와 같은 강사적 자세를 취하고 있었다.

지적 우월을 풍기면서도 모나게 보이지 않으려는 부자연스러운 몸가짐. 나는 시간강사였다. 학문에 대해 조금 남아 있는 열정을 바탕으로 교수가 되기 위한 사투를 벌이고 있는.

"여길 건너면 전당포가 있나요?" "뭐라고요?" "저쪽에 전당포가 있는가 해서요." 아이는 제가 걸어온 쪽 반대편을 손가락으로 가리켰다. "있겠죠 뭐." 아이는 고맙습니다, 50도쯤 허리를 굽히고는 다시 걷기 시작했다. 차

blocks. How many years have I lived in Seoul? A long time. My beloved hometown, where I'd spent sixty years of my life. Its fields greet me each time I open memory's door to them. Although, it's all a little bit hazy now.

I was glad to see a strip of greenery and a wooden bench across from some playground swings where I could get off my feet for a moment. There was a young couple locked in an embrace, oblivious to my looks. I bet they were among the hordes of jobless nowadays, or maybe students, since they seemed to have nothing better to do at this time of day. Anyway, they might as well enjoy their youth. Whenever I see carefree young people, I get jealous and irritated, like an old uncle finding out that his nephew has bought a new piece of land. I'm better off keeping my eyes shut.

Was this real or was I still dreaming? I woke up in a daze and was greeted by the splendid May sunshine. Sunlight is one of the few things that never discriminates against the old. Just then, a familiar-looking lad flopped down beside me on the bench. Where had I seen him before? He wasn't from the apartment complex. Yes, he was the second bastard who'd brushed past me. What was he doing,

들이 지나쳤고 바람이 아이를 뒤흔들었다. 아이의 뒤안길은 몹시 지치고 힘들어 보였다.

하지만 부지런히 걷고 있었다. 나는 좀 멍청해져 아이가 멀어져가며 점이 되어가는 것을 바라보았다. 다리는 길었다. 아, 아이는 전당포를 찾기 위해서 이 다리를 건너고 있단 말인가. 전당포를 찾기 위해서. 아이가 시야에서 영영 사라졌다. 웃음이 나왔다. 참을 수 없는 웃음이.

12

네온들이 잠 깬 괴물처럼 하나둘씩 형광색 기지개를 폈다. 서울은 어디를 가도 사람이 많다. 양복에 넥타이, 전형적인 회사원 차림의 사내들 뒤로 그가 보인다.

그의 눈알은 뱅뱅 돌아가고 있다. 그의 눈길이 버려진 담배꽁초에 잠시 달라붙었다. 그의 만 원짜리 운동화 바닥이 담배꽁초를 밟고 갔다. 그가 멈췄다. 그는 죽었다가 깨어난 사람처럼 감격에 겨운 얼굴이었다. 그의 눈길은 반대편 도로변 우중충한 건물 2층에 나붙은 '전당포' 간판에 박혀 있었다.

following me?

"Excuse me, grandpa," he said.

"What?" I said.

"Would you know of a pawnshop nearby?"

"A pawnshop?"

"I've looked all over, but I can't find any."

"Well, if there is one, I haven't seen it." I really didn't know if there was a pawnshop in the apartment complex. "Why the hell are you looking for a pawnshop at this time of day, anyway?"

"I can't help it." He gazed up at the sky as though he'd been struck by lightning. "I'm a student at Hanmin University, but I don't have the fare to go back so I decided to just ask for directions and walk. But an hour's passed now and I'm in the same place where I started. I'm at my wit's end."

I would have felt the same.

"I want to pawn my wristwatch for bus fare, but I can't find a pawnshop anywhere."

"Why don't you try the next neighborhood?" There might have been a pawnshop in the run-down neighborhood across the Han River.

"Where do I go?"

Come to think of it, how did you get to the Han River? Although I was a citizen of Seoul I have no

그 전당포 네온은 불이 들어와 있지 않았다. 그가 육교를 건너고 건물 안으로 들어가는 동안 이내는 더욱 짙어져갔다. 계단을 다 올라간 그는 휘청거렸다. 전당포 쇠창살 창구에 이렇게 쓰인 표찰이 걸려 있었다. 금일 정기 휴업. 그는 울음이 터지는 것을 억지로 주체하는 듯 보였다.

그는 십 분쯤 또 걸었다. 정해진 곳이 있는 것 같지는 않았고 아무렇게나 골목, 골목을 헤집고 있었다. 드디어 그는 또 하나의 전당포를 찾아냈다. 이제 거리는 어둠이 이내를 덮어버리고 네온들의 세상이 되었는데, 그 전당포의 네온은 유독 깜깜했고 그의 표정도 그만큼 어두웠다. 그 두 번째 전당포도 '금일 정기 휴업'이었다.

그는 스르르 무너져 계단에 주저앉았다. 그는 아무것도 생각하지 않는 것 같았다. 아예 생각할 힘 같은 게 없는 것도 같았다. 시커먼 어둠이 계단에 쌓여갔다. 그는 건물을 나와 다시 거리를 헤매기 시작했다.

이십 분쯤 걸었을 때 그는 또 하나의 전당포 간판을 발견했다. 네온은 들어와 있지 않았으며, 그도 기대하지 않는 것 같았다. 그래도 혹시나, 하고 들어간 모양인데 나올 때 모습으로 보아 역시나, 였던 모양이다.

idea how to get around the city because I simply went back and forth like a pendulum, from the house to the damned park, the old park always crawling with the old. Nonetheless, I gave him directions as best I could. He bowed. "Thank you," he said.

11

Yang Mi-jeong, 30 years old

The wind blew behind me, singing like the soundtrack of my life. I pictured a mad woman wandering aimlessly, caught in some tragic web of drama and betrayal. Only when she worked up the courage to kill herself would people understand her.

The din of the traffic on the bridge was deafening. I wavered. I rocked back and forth so hard, it felt as if the wind might blow me away. A little stronger and it might lift me up and drop me in the river. But it didn't and I stay where I am, rocking back and forth.

I'm used to loneliness, but on days like this when my migraine acts up, I stand on the bridge over the

누군가 담배를 획 버리고 지나갔다. 채 반도 안 태워진 담배에는 불꽃이 붙어 있었다. 그는 그것을 주웠다. 반소매 배꼽티에 반바지를 입은 아가씨가 거지 피해가듯 그를 지나쳐갔다. 그의 입에서 회색 연기가 보풀처럼 퍼져나왔다. 연기 속에서 그의 눈알이 번뜩였다. 그의 마지막 안간힘을 다 쏟아부은 것 같은 시선이 저쪽 '보문당'이라는 간판에 닿아 있었다.

그 간판은 네온이 휘황했다. 그는 필터 끝까지 피운 뒤에야 꽁초를 던졌다.

13

스물대여섯쯤 되어 보이는 사내는 들어오자마자 "수표는 안 받나요?" 물었다. "왜 안 받아요. 이서만 하면 되지." "주민등록증이 없거든요." "없어도 됩니다." "그래요? 아, 고맙습니다. 저쪽에서는 절대로 안 된다잖아요." 아마 다른 금은방에 들렀다 온 모양이었다.

보아하니 돌반지나 찾을 것 같다. 직감은 정확했다. 사내는 내(성민영, 43세)가 열어서 내민 케이스 속은 볼 생각도 않고, 급한 행색 그대로 수표를 꺼내놓고 이서

Han River, watching the black waves rolling, the boats cruising by, and the people on the shore who looked happy even from a distance. If I continued rocking back and forth like this, I'll surely work up the courage one day to leave this world without regret.

You know what happened to me this morning? A man was finishing on top of me and afterwards I said, in a near whisper, "I know the secret to resisting capitalism."

"What?" he was panting. "What's the secret?"

"Suicide."

The man who'd scattered his seeds in my womb fell as silent as death.

I was about to leave the motel room when I saw his eyes fill with tears, this man whom I'd never seen before in my life until then. I sneered at him as he left. "You might as well cut off that little thing between your legs if you like to cry."

In spite of myself, I grabbed hold of the railings and heaved myself up. My skirt billowed around me and my legs dangled in midair. I was trembling, the tears streaming down my face. You'd think I'd have no more tears left, but for three or four years now, I'd find myself weeping at the smallest things.

를 했다. 이런 싸구려 손님이라도 많이만 있으면 숨통이 좀 트일 것 같다.

금모으기운동까지 벌어지는 귀신 배꼽 잡는 시대지만, 결혼식은 주말마다 거행되는 것으로 아는데 어째 예물 시계 반지 찾는 인간이 뚝 끊겨버렸다. 요샌 정말 유지비도 안 나온다.

"돌잔치 가시나 보죠?" 물어보나마나 한 것을 그래도 물어본다. "생전 처음 가보는 돌잔치라 고민 많았는데, 반지밖에 달리 생각나는 게 없네요." "그럼요, 반지가 최고예요."

오늘 하루 종일 바퀴벌레 잡았는데 막판에 끗발 좀 서려나 또 손님이 들어온다. 근데 행색을 보니 영 아니다. 뭐 살 형편으로 보이지 않는 허릅숭이다. "저, 시계 좀 팔 수 있을까요?" 전혀 예상치 못한 것이었다.

새삼스럽게 손님을 짯짯이 내리 훑어보았다. 나이는 스물이나 됐겠고 쓰레기통 뒤지다 온 행색에, 아무튼 좋은 물건 가지고 다닐 주제는 아님에 틀림없다. 도둑질이나 했다면 모를까. 도둑질할 배포도 없어 보이는데. 돌반지를 산 손님에게 거스름돈을 내주었다.

팔기만 하지 사지는 않는다고 하려다가 물건이나 보

Someone was approaching to rescue me. I put my feet down. He had a boyish-looking face, like he was barely twenty. He was short and wore cheap clothes. "Excuse me, can I ask you something?" he said.

I found myself assuming the stance of a lecturer, an old habit from my days teaching college students. It was unnatural behavior because I had no reason to distance myself from him with my air of intellectual superiority. I used to be a part-time lecturer struggling for a professorship, back when I still had a little passion left for my studies.

"Is there a pawnshop across this bridge?"

"Excuse me?"

"I wonder if there's a pawnshop on the other side." He pointed the other way from the direction he'd come from.

"Maybe."

He performed a more than 50 degree bow to thank me before walking away. Cars drove by and the wind seemed to whip his body and make him sway. He looked dejected, from behind, but he kept walking. I watched him until he was little more than a dot in the distance. It was a long bridge. Was he really crossing the bridge just to find a pawn-

자는 욕심이 생겼다. 혹 모르는 일이다. 좋은 물건을 가지고 있을 수도 있다. 보아하니 세상 물정 모르는 시골뜨긴데 적당히 우려낸다면 보통 이익이겠나. 물론 장물일 수도 있다. 뭐, 그땐 범죄 소탕에 일조하는 셈 치면 되고. "물건을 좀 보죠."

사내가 바삐 나가고 허릅숭이가 손목의 시계를 풀어 내밀었다. 첫눈에 오만 원 주고 샀으면 바가지 쓴 게 틀림없는 싸구려 시계임을 알았다. 받지 않으려다가 허릅숭이의 간절한 얼굴에 바로 내치기가 뭐해 받기는 받았다.

시계는 역시 보나마나였다. 건성으로 훑어보았는데 그나마 기스투성이여서 그냥 줘도 받을 사람 없을 그런 시계였다. 허릅숭이는 제가 기대하는 대로 되지 않는다면 울어버리기라도 할 것 같았다. 그러나 내가 무슨 자선 사업간가. 형편은 되게 어려워 보인다만. 내가 누구 돕고 그럴 처지는 아니다. 나도 따지고 보면 도움을 받아야 할 불우이웃이다.

"이런 건 취급 안 해요." "다만 만 원이라도 안 될까유?" 유? 충청도 사투리잖아. 만 원이 아니라 십 원도 못 주겠다. "전당포에 가보세요." "전당포가 다 문을 닫아버렸어유. ……저, 오천 원이래두?" "안 된다니까." 나는

shop? The young man looking for a pawnshop disappeared from my view. I broke out laughing, and couldn't stop.

12

The neon lights blinked on one by one, glowing like the eyes of monsters coming to life. Seoul's crowded wherever you go. He walked behind the men dressed in suits and ties, typical salarymen. He looked around desperately and saw a cigarette butt just as the sole of his 10,000-*won* shoe crushed it. He stopped, overcome and unable to go on for a moment as if he'd just returned from the dead. He caught sight of a signboard on the second floor of the sad building across the street and his eyes locked on: *Pawnshop*. The neon sign was not on. The evening dark deepened as he crossed the overhead bridge and entered the building. He ran up the stairs and stopped short when he saw a sign dangling from the iron grilles of the shop: Weekly Day Off. He fought back tears.

He walked aimlessly for another ten minutes, searching random alleys. Finally, he found another pawnshop. The streets were completely dark ex-

보았다. 허릅숭이의 눈에서 물방울이 흘러내리는 것을.

허릅숭이는 내가 내민 시계를 받아 호주머니에 넣고는 휘청휘청 걸어나갔다. 창밖으로 보니 보도에 우두커니 서서 하늘을 쳐다보고 있었다. 불우이웃돕기 성금 내는 셈 치고 다만 천 원이라도 줄 걸 그랬나. 어째 좀 안쓰러웠다.

깜짝 놀랐다. 허릅숭이가 차도로 뛰어든 것이었다. 저게 죽으려고 작정을. 후닥닥 튀어나갔다. 허릅숭이는 이미 도로를 건너 맞은편 파출소로 뛰어들고 있었다. 파출소 정수리에 붙은 무궁화가 노랗게 밝아 있었다.

14

문 부서져라 확 열어젖히고 냅다 난입해 들어오는 놈이 있었다. 신창원인 줄 알았다. 허리춤의 권총을 잽싸게 잡았다. 난입자는 신창원과는 비교도 안 될 만큼 신체 발달이 안 된 어린애였다. 녀석은 씩씩거리며 눈망울을 굴렸다. 허 순경이 어떻게 오셨냐고 물었다.

녀석은 허 순경 앞에 서더니 좌악 말했다. 울먹이면서. "저는유 한민대학교 혼주캠퍼스 사학과 1학년 박무

cept for the neon lights. But the pawnshop sign-board darkened, like his face. It was also its day off. Slowly, he crumpled forward on the steps of the building. He couldn't even think. He didn't even had the energy left for that. Darkness crept up the stairs. He left the building and started wandering the streets again.

Twenty minutes later, he saw another sign for a pawnshop. The neon light wasn't on, so he didn't have high hopes. Still, he went in anyway, and came out with nothing, as expected.

Somebody walked past him, tossing the glowing end of a half-smoked cigarette in his direction. As he bent down to retrieve it, a young woman in shorts and a midriff bearing top moved to avoid him, taking him for a typical bum. Gray smoke wafted from his mouth like whorls of dust. His eyes danced behind the smoke. He mustered all of his energy and made out a sign on the other side that said *Bomundang*. The neon light glowed. He smoked the cigarette down to the filter then threw the stub away.

현이라고 하는듀, 제가 오늘 서울로 데모허러 왔다가 잽혔거든유. 이사장이 비리가 많아 가지구유, 항의방문 데모였슈. 그런디 우덜을 버스에 태워가지고 돌아다니다가 암디다 뿌리고 가더라구유. 제가 뭘 알아유. 서울에 온 게 두 번짼가, 세 번짼디 뭘 알아유. 돈은 하나두 읎지. 잡어갔으면 책임을 져야 될 거 아녀유. 책임 지세유."

허 순경은 너털웃음을 터트리더니, 담뱃갑을 집었다. "야, 임마. 너 지금 무슨 소리 하는 거야?" 녀석은 울고 있었다. "다 큰 놈이 병신같이 왜 울어. 울음 그치고 자세히 좀 얘기해봐." "데모를 했단 말이유. 근디 잡어갔으면 책임을 져야 될 거 아니냐구유." 허 순경은 어이가 없어도 너무 없는가 보았다.

"소장님, 이거 어떻게 하죠?" 녀석은 자세히 말은 하고 싶은데 울음이 치밀어올라서 그것을 되삼키느라고 울먹울먹하기에도 바빠 보였다. "허 순경, 상황실에 확인이나 해봐. 한민대 애들 오늘 데모했나. 너 이리 좀 와 봐." "가봐 임마, 소장님이 부르시잖아."

내(이정길, 48세) 둘째아들 또래였다. 정신이 어떻게 된 놈인 것도 같고 철모르는 대학 신입생 같기도 했다. 녀

13

Seong Min-young, 43 years old

A man who looked 25 or 26 stepped inside my shop and said, "Do you take cheques?"

"Why not, as long as you endorse them."

"I don't have my resident registration card right now."

"It doesn't matter."

"Would you please, then? I'd appreciate it. The other shop wouldn't take it."

I had a feeling he wanted to buy a gold ring for a child's first birthday. My instincts proved right. I opened a box and handed it to him, but he just took a cheque out and endorsed it without even looking inside. If only I had more small-time customers like him. It would help me breathe a little easier.

These were unusual times with the government leading a campaign to collect gold. Still, weddings continued to take place every weekend, so how come it seemed people had stopped buying watches and rings for presents? These days, it was a struggle just to make ends meet.

"Going to someone's first birthday party?" It was

석은 내 책상 앞에 와서 팔뚝으로 눈물을 쓱쓱 훔쳤다. 녀석의 몸에서 땀냄새가 훅 끼쳤다.

"임마, 데모했어?" "그랬다니께유." "너 미친놈 아냐? 데모하고 파출소 와서 책임지라는 놈이 세상 천지에 어딨어?" "데모는 데모고 진압은 진압이쥬. 진압을 했으면 책임을 져야쥬." "이, 자식 진짜 웃기네. 임마, 뭘 책임져. 엉, 이 자식 이거. 좀 논리정연하게 말해봐. 대체 뭔 짓거리를 하다 온 거야?"

허 순경이 경비 전화를 끊었다. "하기는 했다는데요." "그럼 뭐야?" "변두리 지역에다 몇 명씩 떨궈버린 모양예요." "그럼 이 녀석은 낙오병인가. 임마, 넌 병신같이 왜 나홀로가 됐어." "그게, 그렇게 됐슈." "뭐가 그렇게 돼 임마." "암튼 책임지라니께유." "어떻게 책임을 져. 유치장에서 하루 재워줘?" "귀가할 수 있게 해줘야쥬."

"소장님, 차비 없는 거 아녜요?" "너, 진짜 그래? 차비가 없어서 이 지랄이야?" "예." "하, 나 참, 얼마야?" 녀석은 그 점에 대해서는 미리 생각해놓았던 듯 명쾌하게 대답했다. "오천 원유." "오천 원?" "혼주시까지 삼천 원이구유, 시내버스 네 번은 타야 되니께."

나는 지갑에서 퇴계 선생님 다섯 장을 꺼냈다. "빨리

obvious, but I asked him anyway.

"It's my first time, so I've been thinking a lot about what to buy, but all I could think of was a ring."

"Of course. A ring is the best present."

When I saw another customer step in I thought it was my lucky break. Before these two had come in I'd done nothing all day but kill cockroaches. But he looked a little too shabbily dressed to buy anything. Still, I was caught off guard when he asked me, "Excuse me, would you like to buy my watch?"

I looked him over again. He looked around twenty, and the type to rifle through garbage cans. Hardly the type who'd have anything valuable on him, unless he'd stolen it. But he didn't look tough enough to do something like that. I gave the customer who'd just bought a ring his change.

I thought of simply shooing him off, tell him I was only selling, not buying. But I was curious what he could have possibly had to sell. Who knows, he might even have something valuable. He looked like a yokel so maybe I could even pull one over him. And I could report him to the police if he tried to sell me something that was hot. "Let me take a look."

The other customer hurried out with his purchase, while this poor kid removed his watch and

꺼져.” 녀석은 돈을 받아들고 “감사합니다.” 파출소 떠나갈 듯 소리치며 허리를 90도쯤 숙였다. 불구덩이에서 헤어난 것 같은 얼굴이었다. “인사는 됐으니까 얼른 가. 그리고 데모 좀 하지 마. 너희들 아니더라도 신창원인가 개창원인가 때문에 마누라 얼굴도 잊고 산다, 내가.”

15

철야농성 이틀째였다. 보안법 위반 혐의로 사흘 전 긴급 구속된 총학생회장의 석방을 요구하는 농성이었다. 각 조별로 분임토의 중이었다. 농성에 참여 중인 69명 전원은 오후의 (주)성산신용 방문투쟁의 결사대로 참여했었다.

우리 조의 발언자들은 오늘의 방문투쟁을 중심축으로 삼아 의견을 개진해갔다. 오늘의 투쟁을 총학생회장 구출투쟁과 연계 짓지 못했다는 아쉬움을 지적하는 학우들이 많았다.

회장이 구속된 것에는 미미한 반응을 보이던 학우들도 이사장의 비리에 대해서는 큰 관심을 보였다. 결사대에 지원하겠다고 몰려든 학우들의 기다란 줄을 보고

handed it to me. A glance was enough to tell me the watch must have cost him no more than 50,000 *won*, which even then would have been a rip-off. I knew I didn't want it, but he looked so desperate I gave it a second look. I didn't have to examine it, though. Even after a cursory glance I could see it had a lot of scratches. No one in his right mind would buy it. He looked like he might cry if he didn't succeed in selling it, but I wasn't running a charity. He was in dire straits, sure, but I was hardly in a position to help. I wasn't actually much better off than him, if you thought about it.

"I don't buy stuff like this."

"Not even for 10,000 *won*? Please." He spoke in a Chungcheong dialect.

I wouldn't buy it for 10 *won*, much less 10,000 *won*. "Why don't you try a pawnshop?"

"They're all closed. What about 5,000 *won* then?"

"Sorry."

I saw tears begin to well up in his eyes.

The dope took his watch back and put it in his pocket before he walked out, reeling a little. Outside the window, I saw him stop and stand for a moment on the sidewalk, looking up blankly into the sky. I felt a pang of guilt. Maybe, I should have

알 수 있는 일이었다.

그 학우들에게, 회장은 통일운동에 주도적으로 나섰을 뿐 용공행위를 한 적이 없다, 따라서 회장은 강제로 납치된 것이나 다름없다는 진실을 적극적으로 홍보했어야 하고, 그 홍보를 통해 69명만의 구출투쟁이 아닌 1캠퍼스 모든 학생의 구출투쟁이 될 수 있도록 만들어야 했다는 것이다.

지도부의 결의 부족과 무능력을 지적하는 과감한 발언자도 있었다. 발언자들은 대개 선배들이었지만 나(정훈, 20세)와 같은 새내기도 몇 있었다. 내가 생각은 했어도 명쾌하게 정리하지 못한 바를 그들은 하고 있었다. 혹시 의견을 발표하라고 시킬까봐 전전긍긍 눈치를 살피고 있는 나와는 다른 학우들이었다.

그러고 있는데 낯선 학우 하나가 우리 조의 둥근 원으로 슬금슬금 다가왔다. 조장 선배가 경계의 눈초리로 맞았다. 두 사람은 한동안 얘기했다. 이야기를 마친 선배는 푸푸, 웃고 나서는 모두를 향했다.

"여러분, 혼주 학우를 소개하겠습니다. 뜨거운 박수로 맞읍시다." 나는 박수를 치며 갸우뚱거렸다. 혼주 애들은 다 내려간 걸로 알고 있었다. 혼주 학우는 내 옆에 앉

given him 1,000 *won*, like alms for a poor neighbor.

Suddenly, to my surprise, he ran towards the road. Was he trying to kill himself? He was fast. Before I knew it, he'd crossed the road and barged into the police substation on the other side. A rose of Sharon glowed yellow above its entrance.

14

Lee Jeong-gil, 48 years old

I was just sitting there when some son of a bitch flung the door open and came flying inside. I thought he was Shin Chang-won and instantly went for the revolver on my hip. But the intruder looked more like a child than a man, and looked nothing like Shin Chang-won. He looked around wildly, panting. Officer Heo asked him what he wanted.

He was already fighting back tears and blurted out: "My name is Park Moo-hyun. I'm a freshman in the history department at Hanmin University's Honju campus. I came to Seoul to join the demonstration and we were arrested. The chairman is a corrupt bastard, that's why we protested. But the

았다. 꾀죄죄해 보였다. 하기는 여기 있는 모든 학우들이 꾀죄죄하다. 이틀 동안 강의실을 집 삼고 교정과 거리를 쏘다니며 투쟁을 했으니.

"우리, 혼주 학우의 투쟁 소감도 들어봅시다." 혼주 학우는 몹시 당황한 듯했다. "한 말씀 하세요." 학우의 옆구리를 찔러주었다. 다른 학우들도 박수로 혼주 학우가 일어서기를 요구했다. 혼주 학우는 일어섰다.

"혼주캠퍼스 사학과 1학년 박무현이라고 합니다. 저, 전 말을 잘 못 합니다. 그래서 간단한 구호 하나 외치는 걸로 대신하겠습니다. 투쟁!" 소리치며 혼주 학우는 팔을 쭉 치켜올렸다. 참으로 간단한 구호였다. 황당해하고 썰렁해하는 학우들이 많았다.

이 친구도 나처럼 말하는 데 재주가 없는 숙맥인가 보다. 나는 갑자기 무슨 생각이었을까. "투쟁!" 혼주 학우 흉내를 낸 것이었다. 다른 학우들도 이구동성 "투쟁!" 해주었다.

분임토의가 마무리된 뒤 라면박스와 신문지를 강의실 바닥에 깔았다. 철야농성이라고 해서 잠을 전혀 안 자는 것은 아니었다. 강의실 뒤편 벽에 몰아 쌓아놓은 걸상이 거대한 산 같았다.

police packed us into a bus, dropped us off in the middle of nowhere, and then drove off. What am I supposed to do? I've only been to Seoul two or three times and I'm broke. Since you arrested me, you should be the ones to take responsibility for me. Take responsibility!"

Officer Heo chuckled and picked up his pack of cigarettes. "Listen, what the hell are you talking about?" Officer Heo stuck a cigarette between his lips "You're a grown man and now you're carrying on like some idiot? Stop crying and tell me more."

"I joined the demonstration. Since you police arrested me, you should be the ones responsible for me," the young man sniffed a little.

Officer Heo looked dumbstruck. "What should I do with him, Chief?"

The student was too busy struggling to hold back his tears to make any sense.

"Officer Heo, call the situation room and find out if any Hanmin students demonstrated here today. *You*, come here."

"Move your ass. The Chief's calling you."

He looked about the same age as my second son. He seemed a little crazy, or maybe just clueless, like most freshmen. He came to my desk,

"다른 친구들은 저녁때 내려갔잖아요?" 혼주 학우는 라면박스 깔던 손길을 멈추고 어쩔 줄 몰라했다. 뭔가 말 못 할 복잡한 사연이 있는가 보았다. "담배 펴요?" 강의실 불이 꺼지기 전에 혼주 학우에게 권했다. 학우는 내가 생명의 은인이라도 되는 것처럼 굽실거리며 감사를 표했다. 학우는 참 맛나게 폈다. "살 것 같네요." 다 피우고 나서 말하는 것이었다. "한 대 더 줄까요?" "그럼 고맙죠."

16

현관의 벽시계는 자정을 넘어 있었다. 국문학부 1학년이라는 정훈에게 빌린 전화카드를 밀어넣었다. 사방 벽에 투쟁구호를 적은 대자보들이 역사의 기왓장처럼 나붙어 있었다. 지역번호를 포함한 열 개의 숫자를 눌렀다. 신호가 가자 기다리기라도 했었다는 듯이 기숙사의 민희는 즉각 받았다.

"……나머지는 내일 얘기해줄게. 이거 빌린 거라 빨리 끊어야 돼." "아으, 이 바보. 내가 너 때문에 미쳐. 성격 다 버려." "미안해." "첫차 타고 내려와. 알았지?" "알

wiping away his tears with his forearm. The smell of his sweat assaulted me.

"Kid, did you really join a demonstration?"

"Yes, I told you."

"Are you crazy? How can you come here asking us to take responsibility for you after *you* joined a demonstration?"

"Demonstrating is one thing. Arresting me is another. If you arrest me, you should take responsibility for me."

I laughed. "You're really funny, aren't you, kid? Take responsibility for what? Explain to me your logic. What the hell did you do?"

Officer Heo hung up the phone. "There was a demonstration."

"What happened then?"

"They dropped off several students here and there on the outskirts of town."

"Then, what, did he fall behind or something? Hey, kid, why are you wandering alone like an idiot?"

"It just happened."

"Tell me what happened!"

"Take responsibility!"

"How? You want to spend the night in lockup?"

왔어." "대식당 문 앞에서 기다릴게." "그래. 내일 보자."

그러나 서로 못 끊고 뜸을 들였다. 민희가 비명 지르듯 말을 더했다. "무현아, 배고파서 어떡한다니." "참을 만해." "그러길래 데모는 왜 해. 나랑 놀지." "그만 끊을게. 잘 자."

나(20세, 박무현)는 민희에게 거짓말을 한 게 있었다. 실은 파출소를 나왔을 때 막차가 끊긴 시각은 아니었다. 그 이름 모를 동네에서는 고속버스터미널로 직행하는 시내버스가 없었다. 시내버스를 잘못 타 두 시간을 더 헤맨 것이었다. 서울에서 시내버스를 탄다는 것이 치가 떨리게 두려운 일임을 실감하고 또 실감했다. 가까스로 고속버스터미널을 찾아냈을 때는 정말로 늦어버린 시각이 되어 있었다.

현관을 나와서 몇 발짝 걸으니 연못이었다. 1캠퍼스 학생들이 청룡호수라고 부른다는 곳. 문득 하늘을 올려다보았다. 뜻밖에도 서울의 밤하늘에도 별은 떠 있었다. 비록 혼주에서 날마다 보는 별들에 비하면 보잘것없는 수와 크기와 밝기였지만.

『경찰서여, 안녕』, 문학동네, 2000

"Please help me go home."

"Chief, I think he can't pay for his bus fare home?"

"You don't have any money? Is that why you're acting like this?"

"Yes."

"Tsk tsk," I said. "How much do you need?"

He must have calculated it already, and answered, for the first time, loudly and assuredly, "5,000 *won*, please."

"5,000 *won*?"

"It costs 3,000 *won* to go to Honju City and I have to change buses at least four times."

I took out five Yi Toe-gye notes from my wallet. "There. Now beat it!"

He grabbed the money and exclaimed "Thank you!" so loud he could have brought down the station. He bowed more than ninety degrees, his face flush with relief.

"No need to bow. Just go. And don't join any more demonstrations again, okay? I'm already busy, as it is, trying to catch that son of a bitch, Shin Chang-won, I've almost forgotten what my wife looks like."

15

Jeong-hun, 20 years old

It was the second night of the vigil for the release of the student council president, who'd been arrested three days ago on grounds of violating internal security laws. We were having group discussions. All 69 of us, demonstrators, had joined the protest at Seongsan Credit Corp. in the afternoon.

The speakers in our group shared their views and experience in today's protest at Seongsan. Many of them said it was a shame we'd failed to use the protest as a platform to call for the release of the council's president, since ordinary students paid little attention to the arrest of the council leader but showed a keen interest in the corruption charges against the chairman. This was clear from the long line of volunteers for the protest squad.

Someone suggested that we should have highlighted his involvement in the pro-unification movement instead of his leftist activities, which would have implied that he had been abducted by the authorities. Using this sort of strategy would have turned our 69-member strong rally for his release into the fight of every student in the university's main campus.

One speaker went so far as to denounce our lack of will and the ineptitude of the protest leadership. Most of my teammates were seniors, but there were a few freshmen like me who were daring enough to speak their minds on exactly what I'd only been thinking. Unlike them, I'm the type who can't stand to express my opinion in public.

A student I didn't know slowly approached the circle that we'd formed on the ground. Our team leader greeted him warily. They talked for a while, then the senior laughed and looked at us. "Let me introduce a fellow student from Honju. Please give him a big hand."

I shook my head as I clapped. I thought all the Honju students had already gone back. He sat next to me; he looked unkempt and shabby. But then again, all of us looked rough after two days of protesting on campus and outside, sleeping in the lecture halls at night.

"Let's hear what our fellow Honju student thinks about today's fight."

He seemed nonplussed, so I nudged him. "Just say anything." The other students clapped in encouragement and he finally got to his feet.

"My name is Park Moo-hyun. I'm a freshman in the history department at Honju's satellite campus. I...I'm not good at speeches, so I'd like to leave you with a simple slogan: Fight!" And he pumped his fist. It was simple speech, alright. Many students looked puzzled.

I supposed he wasn't good with words, like me. I chimed in, in spite of myself. "Fight!" Then, the other students joined in. "Fight!"

After we finished our group discussions, we spread ramen boxes and newspapers on the floor of the lecture hall. It was a vigil, but that didn't mean we couldn't get a little sleep. The pile of chairs against the wall resembled a mountain.

"Didn't your friends go back in the evening?" I asked the freshman speaker. He stopped laying out the flattened cardboard boxes and looked up at me, bewildered. It looked like he had something to say, but he found it difficult to explain.

"Do you smoke?" I offered him a cigarette before they turned off the lights in the hall. He was so grateful he even bowed to me, as if I had just saved his life. He savored every puff of the cigarette.

"I feel alive now," he said after he finished.

"You want another?"

"I'd appreciate it."

16

Park Moo-hyun, 20 years old

The clock on the wall of the entrance said it was past midnight. I inserted the phone card that I'd borrowed from Jeong-hun, a freshman in the Korean literature department. The posters and slogans were plastered on the walls like roof tiles, the expanse of pictures slowly spanning a whole history. I dialed 10 numbers including the regional code. Min-hui answered right away, as if she'd been guarding her phone.

"...I'll tell you the rest tomorrow. I gotta go now. I *borrowed* this card," I told her.

"God, you're such an idiot! Driving me out of mind. You're ruining my life you know!"

"I'm sorry," I said.

"Take the first bus in the morning, okay?"

"I will."

"I'll be waiting for you by the cafeteria door."

"Okay, I'll see you tomorrow."

We went back and forth, waiting for the other to hang up first, until Min-hui practically yelled into my ear, "Moo-hyun, you've eaten, right?"

"I can take it."

"Why'd you join the demonstration in the first place? You should have stayed with me."

"I gotta go. Good night."

I was lying. The truth was, the last express bus had not left yet when I'd left the police substation. The problem was getting to the express bus terminal, since there were no direct buses from that neighborhood. I'd taken the wrong bus and wasted two more hours, during which time I'd come to the unshakable conclusion that riding a bus in Seoul is an absolute nightmare. It was too late for me to leave by the time I got to the terminal.

I took a few steps from the entrance to the pond that the students from the main campus called Blue Dragon Lake. I couldn't help looking up at the sky. To my surprise, the stars were also visible in Seoul, though they were sparse and couldn't compare in number, size and brightness with what I saw everyday in Honju.

Translated by Sohn Suk-joo

해설

Afterword

농촌의 '눈'과 흩어지는 '웃음'

노태훈 (문학평론가)

인구의 90% 이상이 도시에서 거주하는 한국사회의 특성상 대부분의 소설 작가들이 도시 공간을 주요 배경으로 그려내고 있다는 사실은 이상한 일이 아니다. 특히 젊은 작가들은 도시가 아닌 농촌이나 어촌에 대한 공간적 감각이 전무하다고 해도 무리가 아닐 정도여서 이문구나 성석제의 경우처럼 농촌에 대한 깊이 있는 이해를 보여주는 작가는 현재 그리 많지 않다. 그래서 김종광이라는 작가의 존재는 빛을 발한다. 김종광은 여러모로 바다의 작가라 할 수 있을 한창훈과 비교될 여지가 많은데, 한창훈이 어촌의 모습을 일견 낭만적이고 이상향적인 공간으로 그려내고 있다면 김종광은 농촌

The Chronicler of the Countryside and His Contagious Laughter

Roh Tae-hun (literary critic)

With more than 90 percent of Koreans living in urban areas, it is no wonder that most writers favor the city as the setting for their stories. It is no exaggeration to say that young Korean writers have little sense of life in the countryside or coastal villages, and there are few writers who show a deep understanding of the countryside, like Yi Mun-gu and Song Sok-ze. This is why Kim Chong-kwang stands out. One can compare him to Han Chang-hoon, the chronicler of coastal village life. Han describes the fishing village as a romantic, utopian space, while Kim looks unflinchingly at life in the countryside and starkly portrays the often harsh

의 현실을 직시하고 그 속에 부대끼며 살아가는 민중들의 삶을 핍진하게 서술하고 있다는 점에서 대조적이다. 이른바 농촌소설이라 명명할 수 있을 이 한국적 소설 전통은 1930년대의 김유정에서부터 시작한다고 보아야 할 것이다. 그리고 주지하다시피 농촌소설은 해학과 골계라는 '웃음'을 결코 빼먹는 일이 없다.

「전당포를 찾아서」는 IMF 사태가 발생했고 탈옥수 신창원이 세상을 떠들썩하게 했던 20세기의 막바지를 배경으로 한다. 그러나 지방의 대학 신입생 박무현에게 지금 가장 큰 고민은 소값이 폭락을 거듭하고 있다는 사실이다. 그는 평생을 소만 키워오신 아버지의 삶에 대해서 쓸쓸하고도 슬픈 감정에 휩싸이다가 대학의 공금을 횡령한 이사장을 규탄하는 집회에 우연히 참석하게 된다. "그냥 소값이 개값 되는 시국에 이사장 같은 놈이 있다는 건, 잘못된 것 같다는 생각"에 무현은 엉겁결에 투쟁을 위해 상경하는 버스에 몸을 싣는다. 서울에서의 투쟁은 서울캠퍼스의 학생들과 함께 이사장이 경영한다는 회사를 항의 방문하는 것으로 진행되는데, 이 데모는 미리 배치된 경찰 병력에 의해 순식간에 정리된다. 경찰들은 학생들을 버스에 태워 서울 시내 곳곳에

plight of its dwellers. The Korean tradition of so-called "rural literature" originates from Kim Yu-jeong in the 1930s. It is well known that "rural literature" never fails to be rich with laughter, humor, and wit.

"The Pawnshop Chase" is set towards the end of the 20th century when South Korea was buffeted by the Asian financial crisis and rescued by the IMF' s bailout, while Shin Chang-won was still at large after his shocking escape from prison. But what troubles satellite campus freshman Park Moo-hyun the most is the collapse in the price of cattle. He is frustrated and saddened by his father's life, spent raising cows for a living, and he joins a protest against the chairman of the board accused of embezzling school funds. He boards the bus bound for Seoul to take part in the demonstration, thinking, "it's wrong that there are bastards around like the chairman when cows are worth less than dogs."

They storm the company run by the chairman in protest, together with students from the main campus in Seoul, but are immediately rounded up and arrested by the police who have been waiting for them. The students are dropped off by the riot police bus at random points around Seoul, and Moo-

그냥 떨구어버리고, 서울에 대해서라면 아무것도 모르는 박무현은 막막한 상태에 빠진다. 결국 물어물어 길을 찾으려 해보지만 계속 비슷한 자리를 맴돌았고, 무현의 주머니는 텅 비어 있었다. 그는 그래서 전당포를 찾기로 한다. 손목시계라도 맡겨서 당장 급한 돈을 빌리기 위함이었다. 하지만 드넓은 서울에서 전당포를 찾기란 또 얼마나 어려운 일인가. 한참을 헤매다 겨우 발견한 전당포들은 문을 닫고 있는 곳이 대부분이었고, 결국 그는 '보문당'이라는 금은방을 찾아간다. 그러나 금은방에서 낡아빠진 손목시계를 받아줄 리 만무했고, 박무현은 냅다 맞은편 경찰서로 뛰어 들어간다. 그는 경찰관들에게 데모를 했다고 잡아갔으면 책임을 져야 할 것 아니냐며 울먹인다. 경찰관들은 어이가 없어 하지만 불쌍한 생각에 차비 오천 원을 쥐어준다. 그러나 박무현은 또 잘못된 시내버스를 타 헤매고 헤매다 대학의 서울캠퍼스에 겨우 도착하고, 거기에서 하룻밤을 보내야 하는 상황에 처한다.

이 작품은 엄밀히 말해서 농촌소설이 아니다. 시골 출신의 지방 학생이 주인공이기는 하지만 소설이 보여주는 공간은 서울이라는 도시이기 때문이다. 그러나 이

hyun, unfamiliar with the city, immediately gets lost. He tries to find his way, asking around, only find himself back where he started. Penniless, he decides to look for a pawnshop to get fare money for his wristwatch, but he has a hard time finding a pawnshop in the big city. After much difficulty, he manages to find a few pawnshops, only to find out that they are closed. Finally, he tries a jewelry shop, Bomundang, but the owner refuses to take his old wristwatch. Desperately, Moo-hyun runs into the police station across the street, demanding that the police take responsibility since they were the ones who had him arrested for joining the protest. The policemen are taken aback by his strange request but give him 5,000 *won* out of pity for bus fare. Unfortunately, Moo-hyun once again boards the wrong bus and wanders about before finally finding his way to the university's main campus in Seoul, where he stays overnight.

Strictly speaking, "The Pawnshop Chase" is not exactly rural fiction. The protagonist is from the countryside and studies at a satellite campus, but the setting of the story is the metropolitan Seoul. However, it becomes rural fiction as it views the Seoul-centric Korean society from a rural perspec-

소설은 농촌의 '눈'으로 서울로 대표되는 한국사회를 바라보고 있기 때문에 역설적으로 농촌소설이기도 하다. 그저 소값 폭락이 걱정인 박무현을 스쳐간 여러 인물들은 1998년 5월 한국사회의 단면을 날카롭게 보여준다. 데모나 운동이 이제 아무런 호응도 얻지 못하는 대학의 현실, 대학의 서울캠퍼스와 지방캠퍼스, 또 서울 출신과 지방 출신의 대립, 예순이 넘는 나이에 고향을 등지고 서울의 아파트 숲으로 이사 온 노인의 회한, 삶의 끝자락에 서 있는 대학 시간강사의 처지, 금모으기 운동이 한창이던 그해의 풍경 같은 것들이 그러하다. 이 풍경 속에서 차비 몇 천 원이 없어 헤매고 있는 박무현을 도와줄 사람은 아무도 없다. 그래서 박무현의 헤맴은 곳곳에서 웃음을 터뜨리게 하지만 또 동시에 씁쓸한 느낌을 지울 수 없게 한다. 그것은 이 세기말의 서울이라는 공간에서 누구라도 이방인이 아닐 수 없었던 우리 모두의 경험 때문일 것이다.

tive.

The characters surrounding Park Moo-hyun aptly illustrate aspects of Korean society from May 1998. They show the reality of university life and activism's increasing loss of appeal to students, the disparities between the satellite campus and the main campus, the divide between Seoulites and those from the countryside, the regrets of a man in his sixties who abandoned his hometown for a crowded apartment block, the dire situation of a part-time college lecturer living on the edge, and that year's defining national drive to collect gold. Amid these settings, it seems no one could be bothered with helping Park Moo-hyun, left lost and wandering the city because he lacks merely several thousand *won* for bus fare. His predicament elicits laughter, but it also leaves a bitter aftertaste: it reminds us of our own experience of alienation in the city at the time.

비평의 목소리

Critical Acclaim

김종광의 소설은 참으로 반듯하다. 인물이 지나치게 많이 등장하고, 그들 인물들 모두가 요설적인 입담 하나만큼은 수준급이어서 작품의 구성이 산만해질 가능성이 있음에도 불구하고, 김종광은 이들을 '보이지 않는 손'으로 용케도 통제하여 단편의 형식으로 꾸려내고 있다. 물론 그의 반듯한 텃밭에는 김유정의 반어, 채만식의 풍자, 이문구의 능청스런 입담이 함께 심어져 있다. 그리고 그의 텃밭을 키우는 건 작가의 고향인 충남 보령 주변의 사람들과 풍속들이다.

김만수

Kim Chong-kwang's fiction is well structured. The story is populated by a variety of characters, all of them glib, creating the possibility that the narrative might become an afterthought. But Kim manages to pull it off, controlling the strings with his invisible hands, bringing everything together. Planted in this orderly world are Kim Yu-jeong's irony, Chae Man-sik's satire, and Lee Mun-ku's fluent story-telling. His world keeps growing because of the people in his hometown Boryeong, South Chungcheong Province, and their customs.

Kim Man-su

나는 언젠가 김종광의 소설이 '유쾌함'과 '아득함' 사이에 서 있다고 쓴 적이 있다. 거창한 의미나 동일성에 대한 강박관념 없이 사소한 개별의 삶들을 긍정하는 자는 유쾌하다. 그러나 그 긍정은 사소하고 잡다한 삶들에 이름을 달아주고 싶은 욕망 때문에 늘 아득하다. 이 '유쾌함'과 '아득함'의 긴장이란 '숙명'과 '절대적인' 사이에서 방황하고 있는 추억에 대한, 아직 다 하지 못한 말들에 대한 미련이기도 할 것이다.

서영인

김종광은 언제나 양쪽 입가가 활짝 벌어지게 웃는다. 그것이 꼭 초승달만 같다. 아이들의 웃음처럼 말이다. 그는 왜 이토록 환할까. 마음속 가득 '웃음'으로 꽉 들어차 슬퍼도 웃고 아파도 웃고 웃음이 나면 그 배로 더 웃어서 얼굴에서 빛이 나는 건 아닐까. 어른이면서 아이의 그 '웃음'을 웃을 수 있는 건 그가 너무도 '착한' 사람이기 때문일 것이다. 세상에서 가장 만만한 것처럼 보이지만 가장 어려운 것이 분명할 그 얼굴, '착함'.

무엇보다 그는 서사 장악력에 있어 선택된 작가이다. 작가라고 해서 아무나 그런 사명을 세례받는 건 아니

Once I wrote that Kim Chong-kwang's fiction straddles the space between exuberance and desolation. Exuberant because it affirms the lives of ordinary people without quibbling about their identity or meaning in the larger scheme of things. But desolate, too, because of his fiction's underlying unfulfilled desire to give a name to the motley, commonplace life. The tension between exuberance and desolation stems from regret for words that remain unspoken, and a past in which we are torn between our destiny and the absolute.

Seo Yeong-in

Kim Chong-kwang is constantly beaming, his smile like the crescent moon, childlike. What lights up his smile? Maybe it's the laughter welling up from inside him. He beams even when sad or in pain, and much more so when others are filled with joy. This is the source of his constant glow. His innocence makes him seem simple, though he is actually complicated. Above all, he is blessed with an excellent narrative control, a rare gift even among writers. As soon as we enter his fictional world, we are trapped inside, slaves to his wit and humor. Fettered to his fiction for more than ten years now,

다. 김종광의 소설에 들어서는 순간, 우리의 감수성은 도망갈 곳을 잃고 그가 그려놓은 위트와 해학의 포로가 되고 만다. 10년 넘게 그의 소설에 마음 묶인 자로서 부여받은 문학적 질투가 이번이 끝이길 바라지만, '역시 김종광!' 하고 그를 수식했던 맨 처음처럼 여전히 나에겐 '역시나 김종광!'이다.

백가흠

그의 작품에는 능청스런 의뭉함이 넘쳐난다. 이는 풍자를 성취하는 최소 단위의 시선이다. 이런 시선에 힘을 더하는 것이 충청도 사투리 특유의 느릿함인데 이 느릿함이 어느 순간 발 빠르게 현실의 이면에 놓인 허위나 가식을 찍어 올려 김종광식 소설 스타일을 완성한다. 김종광 소설은 무너져가는 농촌과 도회 저층의 풍경, 71년생 90학번 세대가 보아온 시대적 고민을 총체적으로 그려내야 한다는 과제와 농촌의 언어, 도회의 언어를 횡단하며 각각의 생생함과 긴장감을 새롭게 고양시켜야 할 과제를 안고 있다. 그의 작품세계가 한국사회의 깊은 역사적 저류에 도달하길 기대해본다.

서경석

I was hoping this time I would have reason to stop envying his literary talents, but once more I find myself exclaiming "Yes, Kim Chong-kwang!" He remains on top of my list, as always.

Paik Ga-huim

His fiction is infused with seeming innocence and wit, and just a touch of satire. Added to this mix is the characteristic slow rhythm of the Chucheong dialect, a slowness that surprisingly exposes and highlights the fallacy and hypocrisy of the things spoken in this dialect. Kim's style is not complete without this. He takes upon himself the task of describing the crumbling countryside and the bottom rungs of the city, and the troubles of those who were born in 1971 and entered college in 1990, switching between the language of the countryside and the city, and between liveliness and tension. I expect that his work will touch the historical undercurrents beneath the surface of Korean society.

Seo Gyeong-seok

김종광

1971년 충청남도 보령에서 태어났으며, 중앙대학교 문예창작학과를 졸업하고 같은 과 박사과정에서 수학했다. 학부 졸업 후 잡지사와 출판기획사를 전전하다가 한없이 낯설고 도저히 적응이 되지 않았던 서울 생활을 접었고, 고향으로 돌아가서는 보습학원 강사도 해봤으며, 아버지를 도와 농사도 지었다. 1998년 계간《문학동네》에서 단편소설「경찰서여, 안녕」으로 신인상을 수상하며 작품 활동을 시작했으며, 2000년 중앙일보 신춘문예에 희곡「해로가」가 당선되어 문학세계의 폭을 넓히기 시작했다.

2000년에 발간한 첫 소설집『경찰서여, 안녕』은 작가 김종광 특유의 입담과 재치를 살려낸 단편소설들을 모았다. 다양한 계층의 인간들이 쏟아내는 말의 재미를 서사화하는 힘은 때로 알레고리처럼, 때로는 익살과 해학처럼 읽힌다. 평범한 일상 속에서 소재를 찾아내어 이야기의 매력을 부여하는 기법이 탁월하다. 도시생활을 하던 주인공 '서해'의 농촌생활 적응기를 발랄하고도

Kim Chong-kwang

Kim Chong-kwang was born in Boryeong, Chungcheongnam-do in 1971. He graduated from the Department of Creative Writing at Chungang University and pursued his doctorate at the same school. After obtaining his B.A., he worked at a magazine and other publishing companies but did not take to life in Seoul, to which he was unaccustomed. He then returned to his hometown and lectured at private institutes while helping his father with farm work. In 1998, he won a *Munhakdongnae* New Writer's Award with "Goodbye, Police Station." In 2000, his play "Growing Old Together" won the *Joongang Ilbo* Spring Literary Contest, expanding the scope of his writing. His first collection *Goodbye, Police Station* consists of a series of short stories that showcase his characteristic brand of wit and humor, which infuse all of his allegorical narratives of people from all walks of life.

He excels in finding and creating tropes out of everyday life and weaving stories from them. His later works include *Rice-planting Blues* (2002) which

건강하게 그려낸 『모내기 블루스』(2002), 특유의 능청스러움과 재치 있는 필체로 구성된 27편의 짧은 콩트로 이루어진 『짬뽕과 소주의 힘』(2003), 능숙한 충청도 사투리와 단단한 이야기 전개가 돋보이는 『낙서 문학사』(2006), 타락한 현실과 속물화된 인간들을 풍자하고 있는 『처음의 아해들』(2010) 등의 소설집을 발간하면서 활발한 집필활동을 계속하고 있다.

청소년 문제에 큰 관심을 기울이면서 이른바 '청소년 소설'이라고 스스로 명명한 옴니버스 소설 『처음연애』(2008), 장편소설 『착한 대화』(2009)를 발표하기도 하였다. 이 소설들은 십대에 겪게 되는 방황과 사랑을 사회적 조건과 시대 상황에 맞춰 흥미롭게 조감하고 있어 청소년 보고서로도 손색이 없다고 평가받았다. 90년대 초반의 기억을 들춰낸 중편소설 『71년생 다인이』(2002), 장편 『첫경험』(2008)이 있고, 다양한 인물 군상을 그려낸 『야살쟁이록』(2004), 흥미로운 허생전의 패러디 『율려낙원국』(2007), 『군대 이야기』(2010), 『똥개 행진곡』(2012) 등의 장편소설을 발간했다. 『임진록』 『박씨 부인전』 등 한국 고전소설을 각색해 어린이용으로 펴내는 작업에 적극적으로 참여하기도 했고, 우리나라 최초의 사설 상설

humorously portrays how the protagonist from the city, Seo-hae, adjusts to life in the countryside, *The Power of Jjambbong and Soju* (2003) which consists of 27 humorous short stories, *The Literary History of Scribbling* (2006) which stands out for its handling of the Chungcheong dialect and solid storytelling, and *First Children* (2010) which satirizes corruption in society and vulgar people. His keen interest in adolescent issues led to the publication of young adult novels like the omnibus-style *First Love* (2008) and *Good Dialogue* (2009). Both contextualize teen-age love and rebellion against social and historical conditions, and are both praised for doubling as accounts of adolescence because of their in-depth exploration of the topics.

Finally, Kim's other works include the novella *Dain Born in 1971* (2002), which addresses memories of the early 1990s; the novel *First Experience* (2008); the motley character-populated *Irritating Stories* (2004),; *Yulryeo Paradise* (2007), an interesting parody of *The Story of Heo Saeng*; *Army Story* (2010); and the novel *The March Song of Mongrels* (2012). Kim has also adapted ancient novels like *The Annals of Year Imjin* and *The Story of Mrs. Park* for children and wrote the novel *The Story of Gwangjang Market*

시장이자 도심 재래시장의 대명사인 광장시장의 107년 역사를 돌아보는 옴니버스 소설 『광장시장 이야기』(2012)를 펴내기도 했다. 2000년 제8회 대산문학창작기금과 2001년 제19회 신동엽창작기금을 받았으며, 2004년부터 2006년까지 민족문학작가회의(현 한국작가회의) 사무처장으로 일하기도 하였다. 2008년에는 『모내기 블루스』가 제4회 제비꽃 서민 소설상을 수상하기도 했다.

(2012), which explores 107 years of the Gwangjang Market, the first private permanent market in Korea and one of the most representative traditional markets in cities. He won the 8th Daesan Creative Writing Grant in 2000, the 19th Shin Dong-yeop Creative Writing Grant in 2001, and served as administrative director of the Association of Writers for National Literature (now the Writers' Association of Korea) from 2004 to 2006. In 2008, he won the 4th Violet People's Novel Award for *Rice-Planting Blues*.

번역 **손석주** Translated by Sohn Suk-joo

손석주는 《코리아타임스》와 《연합뉴스》에서 기자로 일했다. 제34회 한국현대문학 번역상과 제4회 한국문학번역신인상을 받았으며, 2007년 대산문화재단 한국문학 번역지원금을 수혜했다. 호주 시드니대학교에서 포스트식민지 영문학 연구로 박사 학위를 받았고 미국 하버드대학교 세계문학연구소(IWL) 등에서 수학했다. 현재 동아대학교 교양교육원 조교수로 재직 중이다. 주요 역서로는 로힌턴 미스트리의 장편소설 『적절한 균형』과 『그토록 먼 여행』, 그리고 김인숙, 김원일, 신상웅, 김하기 등 다수의 한국 작가 작품을 영역했다. 계간지, 잡지 등에 단편소설, 에세이, 논문 등을 60편 넘게 번역 출판했다.

Sohn Suk-joo, a former journalist for the ***Korea Times*** and ***Yonhap News Agency***, received his Ph.D. degree in postcolonial literature from the University of Sydney and completed a research program at the Institute for World Literature (IWL) at Harvard University in 2013. He won a Korean Modern Literature Translation Award in 2003. In 2005, he won the 4th Korean Literature Translation Award for New Translators sponsored by the Literature Translation Institute of Korea. He won a grant for literary translation from the Daesan Cultural Foundation in 2007. His translations include Rohinton Mistry's novels into the Korean language, as well as more than 60 pieces of short stories, essays, and articles for literary magazines and other publications.

감수 **전승희, 데이비드 윌리엄 홍**

Edited by Jeon Seung-hee and David William Hong

전승희는 서울대학교와 하버드대학교에서 영문학과 비교문학으로 박사 학위를 받았으며, 현재 하버드대학교 한국학 연구소의 연구원으로 재직하며 아시아 문예 계간지 《ASIA》 편집위원으로 활동 중이다. 현대 한국문학 및 세계문학을 다룬 논문을 다수 발표했으며, 바흐친의 『장편소설과 민중언어』, 제인 오스틴의 『오만과 편견』 등을 공역했다. 1988년 한국여성연구소의 창립과 《여성과 사회》의 창간에 참여했고, 2002년부터 보스턴 지역 피학대 여성을 위한 단체인 '트랜지션하우스' 운영에 참여해 왔다. 2006년 하버드대학교 한국학 연구소에서 '한국 현대사와 기억'을 주제로 한 워크숍을 주관했다.

Jeon Seung-hee is a member of the Editorial Board of ***ASIA***, and a Fellow at the Korea Institute, Harvard University. She received a Ph.D. in English Literature from Seoul National University and a Ph.D. in Comparative Literature from Harvard University. She has presented and published numerous papers on modern Korean and world literature. She is also a co-translator of Mikhail Bakhtin's ***Novel and the People's Culture*** and Jane Austen's ***Pride and Prejudice***. She is a founding member of the Korean Women's Studies Institute and of the biannual Women's Studies' journal ***Women and Society*** (1988), and she has been working at 'Transition House,' the first and oldest shelter for battered women in New England. She organized a workshop entitled "The Politics of Memory in Modern Korea" at the Korea Institute, Harvard University, in 2006. She also served as an advising committee member for the Asia-Africa Literature Festival in 2007 and for the POSCO Asian Literature Forum in 2008.

데이비드 윌리엄 홍은 미국 일리노이주 시카고에서 태어났다. 일리노이대학교에서 영문학을, 뉴욕대학교에서 영어교육을 공부했다. 지난 2년간 서울에 거주하면서 처음으로 한국인과 아시아계 미국인 문학에 깊이 몰두할 기회를 가졌다. 현재 뉴욕에서 거주하며 강의와 저술 활동을 한다.

David William Hong was born in 1986 in Chicago, Illinois. He studied English Literature at the University of Illinois and English Education at New York University. For the past two years, he lived in Seoul, South Korea, where he was able to immerse himself in Korean and Asian-American literature for the first time. Currently, he lives in New York City, teaching and writing.

바이링궐 에디션 한국 대표 소설 060
전당포를 찾아서

2014년 3월 7일 초판 1쇄 인쇄 | 2014년 3월 14일 초판 1쇄 발행

지은이 김종광 | **옮긴이** 손석주 | **펴낸이** 김재범
감수 전승희, 데이비드 윌리엄 홍 | **기획** 정은경, 전성태, 이경재
편집 정수인, 이은혜 | **관리** 박신영 | **디자인** 이춘희
펴낸곳 (주)아시아 | **출판등록** 2006년 1월 27일 제406-2006-000004호
주소 서울특별시 동작구 서달로 161-1(흑석동 100-16)
전화 02.821.5055 | **팩스** 02.821.5057 | **홈페이지** www.bookasia.org
ISBN 979-11-5662-002-0 (set) | 979-11-5662-017-4 (04810)
값은 뒤표지에 있습니다.

Bi-lingual Edition Modern Korean Literature 060
The Pawnshop Chase

Written by Kim Chong-kwang | **Translated by** Sohn Suk-joo
Published by Asia Publishers | 161-1, Seodal-ro, Dongjak-gu, Seoul, Korea
Homepage Address www.bookasia.org | **Tel**. (822).821.5055 | **Fax**. (822).821.5057
First published in Korea by Asia Publishers 2014
ISBN 979-11-5662-002-0 (set) | 979-11-5662-017-4 (04810)

〈바이링궐 에디션 한국 대표 소설〉 작품 목록(1~45)

도서출판 아시아는 지난 반세기 동안 한국에서 나온 가장 중요하고 첨예한 문제의식을 가진 작가들의 작품들을 선별하여 총 105권의 시리즈를 기획하였다. 하버드 한국학 연구원 및 세계 각국의 우수한 번역진들이 참여하여 외국인들이 읽어도 어색함이 느껴지지 않는 손색없는 번역으로 인정받았다. 이 시리즈는 세계인들에게 문학 한류의 지속적인 힘과 가능성을 입증하는 전집이 될 것이다.

바이링궐 에디션 한국 대표 소설 set 1

분단 Division

01 병신과 머저리-**이청준** The Wounded-**Yi Cheong-jun**
02 어둠의 혼-**김원일** Soul of Darkness-**Kim Won-il**
03 순이삼촌-**현기영** Sun-i Samch'on-**Hyun Ki-young**
04 엄마의 말뚝 1-**박완서** Mother's Stake I-**Park Wan-suh**
05 유형의 땅-**조정래** The Land of the Banished-**Jo Jung-rae**

산업화 Industrialization

06 무진기행-**김승옥** Record of a Journey to Mujin-**Kim Seung-ok**
07 삼포 가는 길-**황석영** The Road to Sampo-**Hwang Sok-yong**
08 아홉 켤레의 구두로 남은 사내-**윤흥길** The Man Who Was Left as Nine Pairs of Shoes-**Yun Heung-gil**
09 돌아온 우리의 친구-**신상웅** Our Friend's Homecoming-**Shin Sang-ung**
10 원미동 시인-**양귀자** The Poet of Wŏnmi-dong-**Yang Kwi-ja**

여성 Women

11 중국인 거리-**오정희** Chinatown-**Oh Jung-hee**
12 풍금이 있던 자리-**신경숙** The Place Where the Harmonium Was-**Shin Kyung-sook**
13 하나코는 없다-**최윤** The Last of Hanak'o-**Ch'oe Yun**
14 인간에 대한 예의-**공지영** Human Decency-**Gong Ji-young**
15 빈처-**은희경** Poor Man's Wife-**Eun Hee-kyung**

바이링궐 에디션 한국 대표 소설 set 2

자유 Liberty

16 필론의 돼지-**이문열** Pilon's Pig-**Yi Mun-yol**
17 슬로우 불릿-**이대환** Slow Bullet-**Lee Dae-hwan**
18 직선과 독가스-**임철우** Straight Lines and Poison Gas-**Lim Chul-woo**
19 깃발-**홍희담** The Flag-**Hong Hee-dam**
20 새벽 출정-**방현석** Off to Battle at Dawn-**Bang Hyeon-seok**

사랑과 연애 Love and Love Affairs

21 별을 사랑하는 마음으로-**윤후명** With the Love for the Stars-**Yun Hu-myong**
22 목련공원-**이승우** Magnolia Park-**Lee Seung-u**
23 칼에 찔린 자국-**김인숙** Stab-**Kim In-suk**
24 회복하는 인간-**한강** Convalescence-**Han Kang**
25 트렁크-**정이현** In the Trunk-**Jeong Yi-hyun**

남과 북 South and North

26 판문점-**이호철** Panmunjom-**Yi Ho-chol**
27 수난 이대-**하근찬** The Suffering of Two Generations-**Ha Geun-chan**
28 분지-**남정현** Land of Excrement-**Nam Jung-hyun**
29 봄 실상사-**정도상** Spring at Silsangsa Temple-**Jeong Do-sang**
30 은행나무 사랑-**김하기** Gingko Love-**Kim Ha-kee**

바이링궐 에디션 한국 대표 소설 set 3

서울 Seoul

31 눈사람 속의 검은 항아리-**김소진** The Dark Jar within the Snowman-**Kim So-jin**
32 오후, 가로지르다-**하성란** Traversing Afternoon-**Ha Seong-nan**
33 나는 봉천동에 산다-**조경란** I Live in Bongcheon-dong-**Jo Kyung-ran**
34 그렇습니까? 기린입니다-**박민규** Is That So? I'm A Giraffe-**Park Min-gyu**
35 성탄특선-**김애란** Christmas Specials-**Kim Ae-ran**

전통 Tradition

36 무자년의 가을 사흘-**서정인** Three Days of Autumn, 1948-**Su Jung-in**
37 유자소전-**이문구** A Brief Biography of Yuja-**Yi Mun-gu**
38 향기로운 우물 이야기-**박범신** The Fragrant Well-**Park Bum-shin**
39 월행-**송기원** A Journey under the Moonlight-**Song Ki-won**
40 협죽도 그늘 아래-**성석제** In the Shade of the Oleander-**Song Sok-ze**

아방가르드 Avant-garde

41 아겔다마-**박상륭** Akeldama-**Park Sang-ryoong**
42 내 영혼의 우물-**최인석** A Well in My Soul-**Choi In-seok**
43 당신에 대해서-**이인성** On You-**Yi In-seong**
44 회색 時-**배수아** Time In Gray-**Bae Su-ah**
45 브라운 부인-**정영문** Mrs. Brown-**Jung Young-moon**